Le Livre de Poche Jeunesse

allie

Meg Cabot

allie

LE DÉMÉNAGEMENT

Illustrations : Anne Guillard

L'édition originale de cet ouvrage
a paru en langue anglaise
chez Scholastic Press,
sous le titre :
Allie Finkles's Rules for Girls – Moving Day

Pour Madison et Riley Cabot

Règle n° 1

Il ne faut jamais enfoncer une spatule au fond de la gorge de sa meilleure amie

J'aime bien les règles. Ça facilite la vie. Par exemple, celle qui interdit de tuer les gens. Elle est drôlement pratique, ça c'est sûr.

Une autre bonne règle, c'est : *Tout ce qui monte finit toujours par redescendre*. Comme les ballons d'hélium. Personne ne le sait, mais ce n'est pas écologique de lâcher des ballons d'hélium dans le ciel. Par exemple, aux mariages ou aux Jeux olympiques. Parce que, au bout du compte, ils se vident de leur gaz et paf ! ils redescendent. Parfois même dans l'océan, où les tortues de mer les mangent. Et s'étouffent avec.

Ce qui nous fait deux règles pour le prix d'une : *Tout ce qui monte finit toujours par redescendre et Il ne faut jamais lâcher un ballon d'hélium dans le ciel.*

Les sciences suivent des tas et des tas de règles (comme celle de la gravité). Les maths aussi (comme cinq moins trois égale deux ; il n'y a pas à dire, c'est une règle). Voilà pourquoi j'aime les sciences et les maths. Avec eux, on sait à quoi s'en tenir. Tout le reste, en revanche, je ne suis pas fan. Parce que des règles, il n'y en a pas forcément pour tout.

Pour l'amitié, par exemple. Mis à part : *Traite tes amies comme tu voudrais qu'elles te traitent.* D'ailleurs, celle-là, je ne l'ai pas souvent respectée. Comme tout à l'heure, lorsque ma meilleure copine Mary Kay Shiner et moi, on a préparé le glaçage à la fraise de son gâteau d'anniversaire.

D'abord je pense qu'il faut être folle pour mettre un glaçage à la fraise sur un gâteau d'anniversaire. D'autant que Mary Kay sait très bien qu'une de mes règles, c'est : *Ne mange jamais rien de rouge.* Même si ce glaçage-là était plus rose que rouge. Techniquement parlant, ça passait, donc. N'empêche.

Carol, la baby-sitter de Mary Kay, qui est aussi la dame à tout faire de la famille, nous aidait. Mary Kay n'arrêtait pas de se plaindre parce que Carol m'avait permis de lécher la spatule. Alors qu'elle-même venait de lécher le batteur, vu que c'était son anniversaire. Est-ce que je m'étais plainte, moi, de devoir me contenter de la spatule et de m'être en plus farci tout le boulot, comme ouvrir le sachet, le verser dans le bol et tout le tralala ? Non.

À neuf ans, on ne pleurniche plus comme un bébé parce qu'on ne nous donne pas la spatule à lécher.

Des fois, je me demande pourquoi je suis amie avec Mary Kay. La vraie raison, c'est qu'elle est la seule fille de mon âge à vivre du même côté que moi de la Grand-Rue, que je n'ai pas le droit de traverser sans être accompagnée d'une grande personne, depuis qu'un garçon a été écrasé par une voiture alors qu'il faisait du skatcboard.

À propos, ça me fait penser à une autre règle : *Porte toujours un casque quand tu fais du skate parce que si une voiture te renverse, ton crâne explosera et des enfants comme moi passeront leur temps à attendre que la voie soit libre pour traverser la rue afin de chercher les bouts de ta cervelle que l'ambulance aura oubliés dans les haies.*

Bref, je léchais la spatule, et Mary Kay piaillait :

— Elle en a eu plus que moi ! J'en veux aussi !

Je ne sais pas ce qui m'a prise. Je crois que j'en avais assez d'entendre Mary Kay pleurer. Cette Mary Kay, elle ne connaît pas sa chance. Après tout, elle a une baby-sitter qui est aussi la dame à tout faire de la maison et qui lui cuisine un gâteau pour qu'elle fête son anniversaire à l'école. Chez moi, on n'a pas

de baby-sitter qui est aussi une dame à tout faire, et personne n'a le temps de cuisiner des gâteaux, parce que mes parents travaillent tous les deux. Donc, pour mon anniversaire à moi, j'ai été obligée d'apporter des gâteaux achetés à l'épicerie du coin, et Scott Stamphley a décrété qu'ils avaient un goût chimique.

En plus, les parents de Mary Kay lui offrent tout ce qu'elle veut, comme un hamster dans sa jolie cage. Tout ça parce qu'elle est fille unique. Et qu'ils ont les moyens, eux. C'est peut-être pour ça que j'ai tendu la spatule et que j'ai dit :

— Tiens, Mary Kay !

C'est peut-être parce que j'ai pensé qu'elle avait un animal, elle, un hamster (Caramel) dans sa jolie cage, alors que moi, je n'ai qu'un chien (Marvin), et en plus je dois le partager avec ma famille. Quand elle a mis la spatule dans sa bouche, je tenais encore le manche.

Oui, c'est sûrement pour ça que je l'ai enfoncée. Un peu. Pas beaucoup. C'était une farce. Une farce d'anniversaire.

Bon, d'accord, c'était pas très gentil de ma part. Mais, je voulais juste lui donner une bonne leçon. Pour lui apprendre à être aussi peu partageuse. En rigolant, quoi. Sauf que j'aurais dû me douter que Mary Kay ne le prendrait pas comme ça. À la rigolade. J'aurais aussi dû me douter qu'elle allait se mettre à pleurer, pour de bon cette fois, parce que la spatule lui était entrée au fond de la gorge.

Mais rien qu'un tout petit peu. Elle lui a chatouillé les amygdales. Rien de plus. Sûrement.

N'empêche. Voilà qui n'était pas traiter tes amies comme tu voudrais qu'elles te traitent. Et c'était entièrement de ma faute.

Je me suis excusée un bon milliard de fois, mais Mary Kay n'arrêtait pas de sangloter, alors je n'ai pas eu le choix : je suis rentrée à la maison et je me suis assise dans la brouette qui est au garage en me répétant que c'était de ma faute, que je n'avais pas respecté la seule règle de l'amitié qui existe (et que je n'ai pas inventée).

En même temps, je ne pouvais pas m'empêcher de penser que Mary Kay n'avait pas respecté une règle importante aussi. Ma règle à moi qui dit : *Ne mange jamais rien de rouge* (et ne choisis surtout pas cette couleur pour le glaçage de ton gâteau d'anniversaire si ta meilleure copine déteste la fraise). Bon, d'accord, je suis un peu obligée de reconnaître que le glaçage était drôlement bon ; il avait plus le goût de la vanille et du colorant alimentaire rouge que de la fraise. Que je déteste.

Mais bon, le plus grave c'était de ne pas avoir respecté cette règle : *Traite tes amies comme tu voudrais qu'elles te traitent*. Parce que, bien sûr, moi, je n'aurais voulu pour rien au monde que quelqu'un m'enfonce une spatule dans la gorge. Même un tout petit peu. Je méritais amplement que Mary Kay ne soit plus ma meilleure copine. Parce que je ne respectais pas du tout les règles pour l'amitié.

C'est là que j'ai compris. Je devais les écrire. Les règles. Parce qu'il y en a tant et tant que, des fois, j'ai du mal à me les rappeler toutes. Alors que c'est moi qui les invente.

Bref, près du carton où sont rangées les décorations de Noël, j'ai trouvé un carnet à spirale dans un autre carton (celui marqué *fournitures scolaires*). Ensuite, avec un des marqueurs indélébiles dont maman se sert pour écrire sur ses outils d'amélioratrice de nos conditions de vie domestique (elle nous a interdit, à nous les enfants, de les utiliser, sauf que, là, il y avait urgence, et elle comprendrait), j'ai rédigé sur la couverture : *LES RÈGLES POUR FILLES D'ALLIE PUNCHIE*.

J'ai ajouté *Pas touche si tu es un garçon*, parce que j'ai deux petits frères qui n'arrêtent pas de fouiller dans mes affaires. Je ne tiens pas à ce qu'ils connaissent mes règles. Si ça les intéresse tant que ça, ils n'ont qu'à inventer les leurs.

Je m'étais réinstallée dans la brouette et j'étais en train de rédiger la règle sur le casque obligatoire quand on fait du skate dans la Grand-Rue lorsque j'ai eu la surprise de voir arriver Carol. Elle m'a demandé de revenir chez Mary Kay. Qui pleurait encore plus depuis que j'étais partie. Carol a précisé que la luette ou les amygdales de Mary Kay n'avaient rien de grave.

Je suis donc sortie de ma brouette et je suis retournée chez Mary Kay, même si je n'en avais pas très envie. J'ai cédé uniquement parce que c'est comme ça que se comportent les amies. Une fois là-bas, Mary Kay m'a serrée dans ses bras. Elle m'a dit qu'elle me pardonnait, qu'elle savait que ce n'était qu'un accident.

Ça m'a fait plaisir que Mary Kay me pardonne. En secret, ça m'a aussi mise en colère. Évidemment que c'était un accident ! C'est vraiment pénible d'avoir pour meilleure copine une fille aussi délicate que Mary Kay. Avec elle, il faut toujours que je fasse super attention à ce que je dis et à ce que je fais (par exemple effleurer par hasard sa luette avec une spatule), parce qu'elle est enfant unique, et qu'elle a l'habitude qu'on fasse ses quatre volontés.

Quand on ne fait pas ses quatre volontés, elle se met à pleurer. Par exemple, quand on joue aux lions (son jeu préféré, mais pas le mien du tout, parce que le mien c'est les détectives, sauf qu'on n'y joue jamais) et que, pour changer je lui demande d'être le lion parce que j'en ai marre de me brûler les genoux sur la moquette à force de ramper et d'être de corvée de chasse et que j'aimerais bien moi aussi rester allongée avec les mignons lionceaux (même si, la vérité, c'est que ce sont les lionnes qui chassent, pas les lions. Je le sais parce que je lis des tas et des tas de livres sur les animaux), elle se met à pleurer.

Ou si c'est moi qui ai le droit de lécher la spatule alors qu'elle la veut.

N'empêche, je lui ai montré mon carnet, celui dans lequel j'écrivais les règles. Je me disais que, si elle les voyait, elle essaierait peut-être de les suivre. Pour une fois.

Surtout celle-ci : *Traite tes amies comme tu voudrais qu'elles te traitent.*

Avant, je lui ai fait jurer de n'en parler à personne. Je lui ai expliqué que j'allais cacher mon carnet dans un endroit spécial entre les lattes de mon lit pour que mes frères ne le trouvent pas. Comme ça, j'ai pensé, ça lui donnerait encore plus envie de le lire.

Sauf que ça n'a pas marché. Elle a regardé ailleurs et m'a demandé si je voulais jouer aux lions. C'est dommage. Mary Kay aurait drôlement besoin de se renseigner sur les règles de l'amitié.

Il serait temps que je me dégote une nouvelle meilleure copine, je crois. Une qui ne fondra pas en larmes à tout bout de champ. Ça me changerait.

C'est marrant que j'aie pensé ça d'ailleurs, parce que, le soir même, quand je suis rentrée chez nous, maman et papa nous ont parlé du déménagement.

Règle n° 2

N'adopte pas un animal qui te fait caca dans la main

L'annonce du déménagement, ce n'était pas la nouvelle du siècle. Depuis un moment, maman souhaite tester ses talents d'amélioratrice de nos conditions de vie domestique sur une autre maison. Elle n'aime pas celle dans laquelle on vit aujourd'hui, parce qu'elle n'a pas besoin d'être améliorée. C'est un pavillon avec un rez-de-chaussée et un étage, dans un lotissement.

Maman rêve d'une vieille maison victorienne en ruine. Pour la restaurer. Si elle et papa ont acheté notre maison actuelle toute prête, c'est seulement parce qu'ils n'avaient pas les moyens de s'offrir autre chose à l'époque. Papa venait juste de commencer son travail.

Mon père est prof à la fac. Prof d'informatique. Comme ça fait longtemps, il a obtenu une chaise. Je crois. Bizarre, non ? Est-ce que ça veut dire qu'avant il n'avait pas le droit de s'asseoir ? Ou alors, c'est une chaire. Je sais plus très bien. Enfin bref, il gagne plus.

Aussi, comme mon plus jeune frère, Kevin, est en dernière année de maternelle maintenant, ma mère a repris son travail de conseillère d'orientation. Ça, ça veut dire qu'elle conseille aux élèves de la fac de choisir telle ou telle matière. L'informatique, par exemple. Et ça nous rapporte encore plus d'argent.

Alors, comme maman et papa sont à l'université toute la journée, ils veulent habiter plus près. Et ils ont acheté une vieille maison pour que maman s'amuse à la restaurer quand elle ne sera pas en train de conseiller les étudiants.

Moi, je ne vois pas ce qu'il y a d'amusant à retaper une vieille maison ! Je ne vois pas où est le mal à rester dans le pavillon qu'on a maintenant, qui n'a pas besoin d'être réparé et qui a des moquettes beiges dans toutes les pièces. Sauf ma chambre où elle est rose. Maman a bien tenté de me l'expliquer :

— Voyons, Allie, la nouvelle maison est tellement plus grande ! Mark et Kevin auront chacun leur chambre. Ainsi ils se disputeront moins. Ça sera sympa, non ?

Je sais que je suis censée aimer mes petits frères. Je les aime, d'ailleurs. Par exemple, je ne voudrais pas qu'ils soient renversés par une voiture sur la Grand-Rue, et que leur cervelle soit éparpillée dans les haies. Mais je me fiche qu'ils aient chacun leur chambre.

— Et mon lit à baldaquin ? ai-je dit.

Je viens d'avoir un lit à baldaquin pour mes neuf ans. (J'ai un mois de plus que Mary Kay. C'est peut-être pour ça que je ne pleure pas aussi souvent qu'elle. Parce que je suis très mature. Et aussi, parce que j'ai plus l'habitude qu'elle des difficultés de la vie. Vu que je ne suis pas fille unique, moi.)

— Nous l'emporterons là-bas, est intervenu papa. Avec le camion de déménagement.

En apprenant qu'il y aurait un camion de déménagement, mon frère Mark était tout excité. Il a sept ans, et il est complètement obsédé par les camions. Et les insectes.

— Je pourrai monter dans le camion de déménagement ? a-t-il crié. À l'arrière, avec les meubles ?

— Non, a répondu papa. C'est interdit par la loi.

— La nouvelle maison sera beaucoup plus près de notre travail, a poursuivi maman. Ainsi, nous pourrons vous consacrer plus de temps, les enfants. Les trajets seront moins longs.

— Et ma collection de pierres ? ai-je lancé. J'en ai plus de deux cents, maintenant, je te signale.

Je sais. Des cailloux, ça a l'air très barbant à collectionner. Sauf que je les sélectionne avec beaucoup de soin. Je les garde dans des sacs en papier de l'épicerie, en bas de mon placard. Chacun est extraordinaire à sa façon. La plupart sont des géodes. Les géodes sont des pierres qui paraissent normales à l'extérieur. Mais à l'intérieur, il y a des cristaux qui brillent comme des diamants. D'ailleurs, un amateur risque de confondre une géode et un diamant. Parce qu'il est impossible de deviner au premier coup d'œil si une pierre est un caillou tout bête ou une géode. Enfin, si, mais ça exige de l'entraînement.

En tout cas, les géodes, ce n'est pas facile à casser en deux pour regarder les cristaux à l'intérieur. Pour les ouvrir, il existe deux méthodes : soit les lancer très, très fort sur le trottoir ou l'allée de la maison (il vaut mieux éviter l'allée parce que ça laisse des marques qui ne s'effacent pas avant un an ou plus, et mes fesses se souviennent encore du jour où j'ai découvert cette règle) ; soit les cogner très, très fort avec un objet métallique, comme un marteau. Par expérience, j'ai aussi appris que les clubs de golf de mon père ne sont pas très efficaces pour ce genre d'opération.

Ma collection, je l'ai trouvée en fouillant les chantiers de notre quartier où on construit des dizaine de maisons. Maman et papa nous interdisent d'y traîner, mais on déniche des tas de choses intéressantes dans les monticules de terre que laissent les bulldozers.

— Deux cents cailloux, c'est trop, a décrété maman. D'autant que tu ne les as jamais lavés et que tu ne t'en occupes guère.

— C'est pas des cailloux, ai-je riposté. C'est des géodes.

— Peu importe. Elles encombrent ton placard. Je t'autorise à en garder trois ou quatre, mais tu devras remettre les autres où tu les as trouvées.

Là, ça a été plus fort que moi – j'ai poussé un cri de détresse. Parce que, franchement, j'avais beaucoup travaillé pour monter ma collection. C'est pas parce que je ne l'époussette pas énormément que je ne l'adore pas.

Sauf que le pire était à venir.

— Et l'école ? ai-je demandé. Si la nouvelle maison est près de votre travail, ça veut dire qu'elle doit être très loin de l'école. Comment on va y aller à pied sans être en retard ?

— Eh bien, a murmuré maman, vous changerez d'école. La carte scolaire l'exige, de toute façon. Rassurez-vous, elle est juste à côté de la future maison. Vous pourrez même rentrer déjeuner si vous en avez envie. Ce n'est pas génial ?

Non, ce n'était pas génial du tout. C'était même plutôt atroce.

— Je ne veux pas aller dans une autre école ! ai-je dit en sanglotant.

Oui, je pleurais. Ça ne m'arrive pas aussi souvent qu'à Mary Kay, n'empêche, parfois, je pleure.

— Et Mme Myers ? ai-je ajouté.

C'est ma maîtresse. La meilleure des meilleures. Ses cheveux sont si longs qu'elle peut s'asseoir dessus.

— Je suis certaine que tu adoreras ta future maîtresse, a rétorqué maman. Nous irons voir vos enseignants respectifs avant le déménagement. Ça vous donnera l'occasion de les rencontrer avant de commencer dans la nouvelle école. Qu'est-ce que vous en pensez ?

— Super, a répondu Mark.

Il dévorait ses bâtonnets de poisson pané avec du ketchup. Alors que je lui avais bien conseillé de ne jamais manger de rouge. Il se moquait bien de s'en aller d'ici, lui. Le seul truc qui l'intéressait, c'était de pouvoir faire un tour à bord du camion de déménagement. Être obligé de fréquenter une nouvelle école et de se faire des nouveaux amis, il s'en fichait.

— Boucle-la, lui ai-je lancé.

— Ne dis pas à ton frère de la boucler, m'a réprimandée papa.

Quand papa donne un ordre, on a drôlement intérêt à le suivre. C'est une autre règle. Même Mark et Kevin la respectent.

— Et Mary Kay ? ai-je dit.

Parce que, tout à coup, je me suis souvenue de ma meilleure copine. (Mais pas du moment où j'avais souhaité en avoir une autre. Une qui ne pleurnichait pas toutes les cinq minutes.)

— Si on déménage, je ne serai plus dans la même classe qu'elle ! Je ne vivrai plus dans la même rue qu'elle !

— Tu lui rendras visite, a suggéré Kevin. Tu prendras le bus.

— J'ai pas envie de prendre le bus ! ai-je hurlé.

— Arrête de hurler, m'a grondée papa. Personne ne prendra le bus. Tu continueras à voir ton amie, Allie. Il vous suffira d'organiser des... des... comment on appelle ça déjà ?

— Des après-midi ludiques, a précisé maman. Ton père veut dire que nous inviterons Mary Kay à passer un moment chez nous pour jouer avec toi.

Des après-midi ludiques ? Je refuse d'organiser des « après-midi ludiques » avec Mary Kay ! Mary Kay et moi, on n'a jamais eu besoin « d'organiser » quoi que ce soit. Quand Mary Kay et moi, on veut jouer, il me suffit de descendre la rue, et on joue. Pas question d'organisations idiotes.

J'en ai pleuré de plus belle.

— Je ne veux pas déménager ! Je ne veux pas abandonner ma collection de pierres. Ni aller dans une nouvelle école. Ni organiser des après-midi ludiques avec Mary Kay. Je veux rester ici !

— Allie, a plaidé maman, si tu es capable de te montrer adulte au sujet du déménagement, si tu nous prouves que tu peux être raisonnable, si tu ne pleures pas, ton père et moi avons songé que ce serait le signe que tu es assez mûre pour avoir ton propre animal.

J'ai été tellement estomaquée que mes larmes ont aussitôt arrêté de couler. J'ai toujours désiré avoir un animal rien qu'à moi. D'accord, on a Marvin, et je l'adore. Par exemple, je suis la seule de la famille à le brosser, à vérifier qu'il n'a pas de tiques et à le promener. Bon, papa le promène aussi, mais juste le soir.

Quand je serai grande, je serai vétérinaire. Je m'entraîne sur Marvin. N'empêche, avoir un animal que je ne serai pas obligée de partager avec quelqu'un d'autre, mes frères par exemple, c'est mon rêve.

— Je pourrai avoir un hamster ? ai-je reniflé. Comme Mary Kay ?

— Pas de hamster, a immédiatement décrété papa.

Il n'aime pas les hamsters. Et encore moins les souris. Le jour où Mary Kay et moi, on a attrapé un souriceau dans le champ derrière chez elle (ils y construisent un lotissement neuf, aujourd'hui) et où je l'ai mis dans ma voiture de poupée pour le montrer à mon père, il nous a obligées à le rapporter dans les bois derrière chez nous (ils sont en train d'y construire un lotissement neuf aussi). Pourtant, on lui a expliqué que le bébé risquait de mourir sans nous ou sans sa mère pour s'occuper de lui. Il n'a rien voulu entendre. Il dit qu'il n'aime pas les bêtes qui savent juste te faire caca dans la main.

Voilà pourquoi j'ai inventé la règle : *N'adopte pas un animal qui te fait caca dans la main.*

— Nous envisagions plutôt un chaton, a alors révélé maman.

Pour le coup, j'ai cru que j'étais au paradis. Elle avait bien dit un… chaton ?

— Hé ! C'est injuste ! a braillé Mark. C'est moi qui ai toujours voulu un chaton !

— Moi aussi ! a renchéri Kevin.

Oui ! Elle l'avait dit ! Elle avait bien dit un chaton ! Comment ils avaient deviné ? Comment ils s'étaient doutés que, toute ma vie (ou presque), j'avais désiré un petit chat ? D'accord, pour mon anniversaire, j'avais réclamé un caniche nain, et j'avais reçu un lit à baldaquin. Ce qui n'est pas aussi chouette.

Sauf que je n'aurais jamais osé réclamer un chaton. À moins qu'ils m'autorisent à en avoir un. Comme là.

Alors, j'ai compris que j'avais envie d'un chaton plus que de tout autre chose dans la vie. Les chatons, c'est tellement mieux que les hamsters.

Qui te font juste caca dans la main, d'ailleurs.

— Quand vous serez suffisamment mûrs pour prendre soin d'un animal, a déclaré papa, nous en reparlerons, les garçons. Mais je ne vous ai jamais vus brosser Marvin ni l'emmener en balade, contrairement à Allie.

— Je promène Marvin ! a protesté Mark.

— L'attacher à une luge pour qu'il te tire sur les tas de gravats des chantiers, ce n'est pas le promener, a objecté maman. Et maintenant, qui est partant pour aller fêter la nouvelle chez le marchand de glaces ?

Quelle question ! On a tous été partants, bien sûr ! De chez nous jusqu'au glacier, il faut prendre la voiture. C'est là que maman a annoncé :

— Devinez quoi, les enfants ! La nouvelle maison est si près du marchand de glaces que nous pourrons y aller à pied après dîner.

— Pour le dessert ? a demandé Mark.

C'est une autre de ses obsessions, les desserts. En plus des camions et des insectes. Et le sport. Comme le foot. Enfin, comme tout ce qui se joue avec un ballon.

— Oui, a confirmé maman. Nous n'aurons qu'à nous lever de table et à marcher jusque là-bas.

Mark, Kevin et moi, on s'est regardés, ahuris. Marcher jusqu'au glacier ? Tous les soirs ? C'était presque trop beau pour être vrai. Un chaton et le glacier ? Tous les soirs ?

— À condition que vous finissiez vos assiettes, a précisé papa.

— Et si nous passions devant la nouvelle maison pour la voir ? a soudain suggéré maman, l'air de rien. En revenant de chez le glacier, par exemple ?

— Tu crois ? a répondu papa. J'ai l'impression que ces chers petits n'en ont pas vraiment envie.

— Moi si, a aussitôt protesté Mark en se penchant vers eux. La nouvelle maison m'intéresse.

— Et moi aussi ! a pépié Kevin.

— Et toi, Allie ? m'a demandé maman. Veux-tu la visiter ?

J'ai dû y réfléchir à deux fois. D'un côté, je voulais un chaton, le glacier tous les soirs et me faire une nouvelle meilleure copine. De l'autre, je ne voulais pas fréquenter une école inconnue et renoncer à ma collection de pierres. En même temps… si la future maison était aussi près que cela du marchand de glaces…

— Eh bien, ai-je marmonné, ça ne coûte rien de jeter un coup d'œil, hein ?

Chez le glacier, les serveurs ont mis des heures – non, des siècles ! – à préparer nos cornets. Alors qu'on a commandé la même chose que d'habitude : vanille chocolat avec sauce chocolatée dessus pour moi, vanille fraise avec coulis de cerise pour Mark, vanille avec nappage au caramel pour Kevin, un sorbet au gingembre pour papa et un esquimau sans sucre pour maman.

Ça a duré presque deux heures pour qu'on nous serve, pour que papa règle la note, pour que maman prenne assez de serviettes en papier au cas où quelqu'un renverserait sa glace dans la voiture (je dis quelqu'un, mais c'est toujours Mark qui fait tomber la sienne, en général sur son tee-shirt), pour que tout le monde se réinstalle dans la voiture et attache sa ceinture de sécurité sans lâcher sa glace au passage, pour que papa demande si on était prêts, pour qu'on réponde oui, et pour qu'il lance :

— C'est parti, mon kiki !

Alors, on a tourné au coin de la rue – juste au coin ! et la nouvelle maison est apparue, au carrefour après le glacier. Maman s'est exclamée, tout excitée :

— La voilà, les enfants ! Sur la gauche ! Vous la voyez ?

On a regardé l'endroit où on allait vivre. Je ne sais pas pour mes frères, mais moi, j'ai failli vomir le peu de glace que j'avais déjà mangé. Parce que la maison était tout sauf belle.

Elle était même carrément moche. Elle était énorme et effrayante. Toutes les fenêtres – et y en avait des tas et des tas – étaient sombres et ressemblaient à des yeux qui nous observaient. Il y avait aussi de grands arbres tout autour, avec des branches tordues qui s'agitaient dans le vent. Il n'y a pas de grands arbres, là où nous habitons. Parce que, à ma naissance, le quartier c'était que des champs cultivés. Aucun des arbres que les promoteurs ont plantés n'a eu le temps de beaucoup pousser.

— Maman… j'ai murmuré.

— Vous ne la trouvez pas superbe ? s'est-elle écriée, ravie. Vous avez vu les corniches qui encadrent la véranda ? Et vous imaginez comme ce sera chouette de pouvoir nous asseoir sur cette véranda pour profiter de la brise, l'été ?

— En mangeant des glaces, hein ? a précisé Mark.

Parce qu'il est obsédé par les glaces. Et aussi, les camions, les insectes et le sport.

— Bien sûr ! Vous avez remarqué la fenêtre en saillie sur la façade ? Au dernier étage ? Ce sera ta chambre, Allie.

Ma chambre avait l'air d'être la pièce la plus moche, la plus sombre et la plus effrayante de toute cette fichue bicoque.

— Ils sont drôlement gros, les arbres, a marmonné Kevin.

— Ils ont cent ans ! s'est réjouie maman. Comme la maison !

Ça, je n'ai eu aucun mal à le croire. L'endroit semblait même encore plus vieux que cent ans. Il semblait si vieux qu'il tombait quasiment en ruine. Il rappelait les maisons qu'on montre dans les émissions de télé que ma mère adore. Des émissions, du genre : *Venez restaurer ma maison, s'il vous plaît, ou Ma maison est très ancienne, quelqu'un viendra-t-il la retaper ?*

Sauf que là, ce n'était pas la télé. C'était la vraie vie. Mais sans une armée de menuisiers sympas et de jolies décoratrices pour la bricoler. Ma mère allait devoir s'y mettre toute seule. Enfin, avec l'aide de mon père, j'imagine.

Sans vouloir passer pour une rabat-joie, j'ai tout de suite pensé qu'elle n'y arriverait pas. Parce que le tas de ruines devant lequel on était garés était irréparable.

Et autre chose aussi. Je n'ai rien dit devant Mark et Kevin, parce qu'une des règles – je comptais d'ailleurs l'écrire dès qu'on serait rentrés chez nous –, c'est : *Il ne faut jamais faire peur à ses petits frères.* Sauf s'ils le méritent, bien sûr.

En tout cas, la maison avait l'air hantée. Tout à coup, je n'ai plus eu envie de ma glace. Et j'ai su que je n'avais pas du tout envie d'emménager ici non plus, même avec une glace tous les soirs, une nouvelle meilleure copine qui ne pleure pas et un chaton.

La vérité, c'est que j'aurais voulu qu'on remonte dans le temps, avant que maman et papa me promettent un chaton, avant qu'ils nous annoncent qu'on allait changer de maison et avant que j'aie accidentellement effleuré la luette de ma meilleure amie avec une spatule.

Sauf que là, on arrive à une des règles les plus difficiles à admettre : *Ce qui est fait est fait.*

N'empêche, on peut toujours essayer d'éviter que les choses continuent de changer. Le tout, c'est d'y consacrer assez d'efforts.

Alors, j'ai compris que j'avais une mission.

Il ne me restait plus qu'à trouver la méthode. Et vite.

Règle n° 3

Si tu veux qu'un secret reste un secret, ne le confie surtout pas à Scott Stamphley

Mary Kay a pleuré, quand je lui ai appris que j'allais sûrement déménager. Ce n'était pas une grosse surprise, naturellement, puisque Mary Kay pleurniche à propos de tout et de n'importe quoi. Sauf que, pour une fois, j'ai eu envie de pleurer avec elle.

— Tu n'as pas le droit de déménager maintenant, a-t-elle décrété ensuite. Au milieu de l'année scolaire. C'est contre les règles.

S'il y a des tas de choses auxquelles je ne connais rien – comme l'amitié ou la réparation des vieilles maisons hantées –, il y a quand même un domaine où je suis extra forte : ce sont les règles.

— Même pas vrai, ai-je dit. Sinon, ma mère et mon père ne nous y obligeraient pas.

— Tu as intérêt à leur demander de se renseigner. Si ça se trouve, cette nouvelle école refusera de t'accueillir au beau milieu du trimestre.

Ça, c'est encore un défaut de Mary Kay. Elle croit qu'elle sait tout sur tout.

— Ma mère dit que si on déménage on n'a pas le choix. Il faudra qu'on aille dans cette école, à cause de la carte scolaire. C'est comme ça.

— Tu en parles comme si tu avais envie de partir, m'a aussitôt accusée Mary Kay.

— Tu rigoles ?

Je ne lui avais pas précisé que la maison était peut-être hantée. En revanche, je lui ai parlé du chaton. Résultat, elle a pleuré encore plus fort. Elle aurait quand même pu se réjouir pour moi. Un peu. À cause du chaton. Pas du tout !

— Si tu as un chaton, je ne pourrai pas venir te voir, a-t-elle marmonné entre deux sanglots, parce que je suis allergique !

On attendait que Mme Mullens, la dame qui fait traverser la Grand-Rue aux enfants, nous donne le signal.

— De toute façon, tu ne viens jamais chez moi, ai-je répliqué.

Non mais ! C'est vrai, en plus. On joue toujours chez Mary Kay, parce qu'elle dit que mes frères sont trop brutaux. Tout ça à cause d'un jour où elle était à la maison et où on jouait aux lions (le seul jeu auquel Mary Kay accepte de jouer). Mark avait décidé qu'il était un tueur d'une bande de lions rivale et il a sauté sur Mary Kay depuis la table basse.

Comme par hasard, elle a pleuré.

— D'accord, n'empêche, maintenant, je ne POURRAI vraiment pas.

— T'inquiète, je viendrai te voir, moi.

— Non, a-t-elle pleurniché de plus belle. Tu seras trop occupée par tes nouvelles amies et ton chaton !

Hum… ce n'était sûrement pas faux, mais je me suis tue, parce qu'une des règles de l'amitié que j'ai écrites, c'est : *On doit toujours dire des choses sympas à ses amies même si on ne les pense pas.* Du coup, tes copines sont super contentes et elles t'aiment encore plus.

Être aimée, c'est important. Quand on n'est pas aimé, on est obligé de manger tout seul à la cantine. Comme Scott Stamphley lorsqu'il est arrivé dans notre école, et que personne ne comprenait rien à ce qu'il racontait à cause de son accent new-yorkais.

— Pour toi, Mary Kay, je trouverai toujours le temps, ai-je expliqué, le plus gentiment possible (et ça m'a demandé un drôle d'effort, vu la colère dans laquelle elle me mettait). Même si élever un chaton, c'est une sacrée responsabilité. Encore plus que d'élever un hamster.

— Ce n'est pas vrai !

— Si !

— Je trouve que tu ne devrais pas être aussi contente de déménager. Parce que d'abord, tu ne feras plus le chemin de l'école avec moi.

J'en suis restée baba. Parce que le trajet jusqu'à l'école avec Mary Kay, c'est quand même pas super rigolo. Elle a tellement peur de tout que si Pépère, le cheval qui broute dans le dernier champ dans le lotissement (parce qu'on n'y a pas encore construit de maisons), passe la tête par-dessus la barrière en bordure du trottoir, elle se sauve en courant. Elle a peur des grosses dents de Pépère, alors que je lui ai montré comment mettre sa paume bien à plat pour qu'il ne la morde pas quand on lui donne nos roulés aux fruits ou les restes de notre déjeuner. C'est le genre de chose à savoir quand on veut devenir vétérinaire.

Heureusement, je me suis rappelé juste à temps la règle des choses sympas à dire à vos amies pour qu'elles vous aiment. Alors, j'ai répondu :

— Eh bien, ça me rendra triste. Mais je finirai par m'en remettre, je pense. À la longue.

Apparemment, ma réponse n'a pas plu à Mary Kay, parce qu'elle m'a tout de suite rétorqué :

— Si tu déménages, tu ne pourras plus chercher la cervelle du garçon dans les buissons.

Elle aurait pu s'abstenir ! Parce que ce n'était pas très gentil. Surtout qu'elle savait à quel point j'avais envie de retrouver la cervelle du garçon.

Déjà que j'étais toute retournée à l'idée de devoir m'installer dans une maison hantée et de fréquenter une nouvelle école. Mis à part pour le chaton (et me trouver une meilleure copine que Mary Kay), je ne voulais même pas déménager !

Bon, d'accord, je n'avais toujours pas la moindre idée de la manière dont j'allais m'y prendre pour empêcher ça. Après tout, on ne me demandait pas mon avis. Je n'étais qu'une enfant !

— Écoute, ai-je dit, il reste encore quelques semaines avant mon départ, alors essayons de ne pas nous disputer.

— Arrête avec ça ! a-t-elle hurlé. Arrête de me parler de ton déménagement ! C'est mon anniversaire. Je t'interdis de répéter ENCORE UNE FOIS AUJOURD'HUI que tu vas déménager.

Là, je me suis sentie encore plus mal. J'avais complètement oublié l'anniversaire de Mary Kay…

alors que j'aurais dû m'en souvenir, parce que Carol devait venir plus tard ce même jour à l'école avec le gâteau au glaçage rose.

Bref, j'ai juré de ne plus raconter à personne que j'allais déménager jusqu'à la fin de la journée. Et j'ai tenu parole. Je n'ai rien dit à personne, même pas à Mme Myers, lorsqu'elle nous a demandé à chacun de choisir notre pays pour les exposés de fin d'année. Je n'ai pas levé le doigt pour dire :

— Il y a un problème, madame Myers. Parce que, vous voyez, je risque de ne plus être ici le mois prochain.

Je n'ai pas soufflé un mot à Brittany Hauser quand elle m'a invitée chez elle à voir la chatte de concours que son père a achetée à sa mère comme surprise pour leurs quinze ans de mariage.

Je n'ai pas soufflé un mot à Mme Fleener, la dame de la cantine, quand elle m'a signalé de dire à ma mère qu'elle n'avait pas encore payé pour le mois prochain.

Pour résumer, je n'ai prévenu personne que j'allais sûrement déménager.

Enfin, jusqu'à ce que je me retrouve par hasard à côté de Scott Stamphley pendant la partie de balle au prisonnier, en cours de gym. (On y jouait uniquement parce qu'il pleuvait, et qu'on ne pouvait pas sortir pour un match de base-ball.)

Bon, j'avoue, à ce moment-là, je mourais d'envie de raconter ça à quelqu'un. J'ai pensé que je ne risquais rien avec Scott, car aucune fille de ma classe ne lui adresse la parole. Pas à cause de son accent new-yorkais (on a tous surmonté ce stade au bout de quelques jours). Mais à cause de sa collection de serpents qu'il insiste toujours pour nous montrer chaque fois qu'il y a une journée spéciale sciences organisée à l'école. Donc, si je lui parlais, il ne le rapporterait à personne.

— Tu veux connaître un secret ? lui ai-je demandé.

On était au fond du cours, là où les gros ballons rouges ne pouvaient pas nous atteindre. Mary Kay avait déjà été éliminée, car tout le monde voulait marquer le coup pour son anniversaire, histoire de la faire pleurer. Ça a marché comme sur des roulettes. Maintenant, assise sur le banc de touche, elle montrait à M. Phelps la marque rouge que la balle avait laissée sur sa cuisse.

— M-mais, c'est m-mon anniversaire, bégayait-elle entre deux sanglots.

— Je m'en fiche, de ton secret, m'a répondu Scott.

Comme il disait ça juste pour m'embêter, je lui ai quand même révélé :

— Je vais sûrement déménager.

— Tu parles d'une affaire !

Exactement le genre de réaction qui explique pourquoi aucune fille ne l'apprécie, ce Scott. Il est tellement malpoli avec nous. Et aussi parce qu'il fait semblant de roter en classe, quand Mme Myers est occupée à autre chose. Brittany Hauser dit que c'est ré-pu-gnant.

Sauf que moi, je m'en moquais bien qu'il soit malpoli avec moi. J'étais juste super soulagée de pouvoir confier mon secret à quelqu'un.

— Je ne reviendrai sans doute plus dans cette école, j'ai précisé.

— Tant mieux. Ça m'évitera de regarder ta face de rat.

Vu que Scott se comporte toujours comme ça, je ne me suis pas vexée. En plus, prendre de grands airs, genre pincer les lèvres et tourner les talons, comme fait toujours Brittany Hauser, c'est exactement ce qu'espèrent les garçons comme Scott.

— Ça va être super dur, ai-je continué. Il va falloir que je me fasse de nouveaux amis.

— Ça, ça ne va pas être fastoche, tellement t'es moche.

S'il avait balancé ça à Mary Kay, elle aurait fondu en larmes, bien sûr. Moi, je suis habituée. À cause de mes frères. Alors, j'ai dit :

— Regarde un peu le bleu que j'ai récolté en tombant de vélo.

Et je lui ai montré l'énorme tache vert et bleu sur mon coude. Ça ne faisait pas mal, c'était seulement dégoûtant à voir. Comme je m'y attendais, Scott s'est penché pour l'examiner de plus près.

— Génial… a-t-il commencé à dire.

À ce moment-là, je me suis écartée, et trente ballons se sont écrasés sur sa figure. Ha ! Si ça, c'était pas génial, tiens ! Sauf que Scott n'a pas eu l'air de trouver ça aussi génial que moi, parce que, plus tard, quand Carol est entrée dans la classe avec le gâteau, Mary Kay est venue vers moi en pleurant.

— Merci beaucoup d'avoir gâché mon anniversaire ! a-t-elle lancé.

J'étais ahurie. Je ne voyais pas comment j'avais pu gâcher l'anniversaire de Mary Kay, surtout que j'étais en train de dessiner un lion à lui offrir comme cadeau.

— Qu'est-ce que j'ai encore fait ? ai-je répondu.

— T'as qu'à demander à Scott.

Sur ce, elle a déguerpi. Je me suis tournée vers Scott. Lui aussi dessinait une carte pour Mary Kay. Géante, même. Dessus, il avait écrit : *DOMMAGE QU'ALLIE DÉMÉNAGE, MAINTENANT T'AURAS PLUS DU TOUT D'AMIES. BON ANNIVERSAIRE !*

La minute d'après, Brittany Hauser et sa meilleure copine, Courtney Wilcox, se sont approchées de moi.

— C'est vrai ? Tu déménages ? Pourquoi tu ne nous as rien dit ?

Elles avaient des questions comme ça plein la bouche. Heureusement, c'est là que Carol et Mme Myers ont commencé à chanter *Joyeux anniversaire*.

Sauf que Mary Kay sanglotait, la tête posée sur son bureau. Bref, il n'a pas été tellement joyeux, son anniversaire. Pour elle.

Règle n° 4

Les frères (et les parents) ne sont pas toujours très délicats

De m'être disputée avec ma meilleure copine avait un bon côté : maintenant, déménager loin de chez Mary Kay allait être plus facile. Par exemple, je n'aurais plus à penser à organiser des après-midi ludiques avec elle ou à lui acheter un cadeau d'adieu, genre médaillon double dont elle garde la moitié et moi l'autre pour ne pas s'oublier. J'ai vu ça dans un film, un jour.

Mais le côté négatif, c'est que, à cause de cette dispute, je n'avais plus personne à qui expliquer à quel point je n'avais pas envie de m'en aller. Parce que, même si je ne le montrais pas (pour ne pas flanquer la frousse à mes petits frères), je n'étais drôlement pas contente. Surtout après que maman et papa ont signé les papiers et obtenu les clefs de la nouvelle maison. À partir de là, on est passés de « sûrement déménager » à « déménager » tout court. En plus, ils nous ont emmenés pour notre première grande visite dedans, et là, je n'en ai pas cru mes yeux. De dehors, la maison faisait peur. Mais ce n'était rien du tout comparé à l'intérieur.

C'était pire que ce que j'avais vu dans tous les épisodes de *Venez restaurer ma maison, s'il vous plaît*.

Maman et papa n'auraient pas pu choisir une maison plus sinistre et plus déprimante. Sauf s'ils avaient acheté la maison hantée de la fête foraine où Oncle Jay m'a emmenée, cet été. D'ailleurs, elle aurait sans doute mieux valu que cette vieille ruine. Parce que la maison hantée de la fête foraine, elle avait des bassines de grains de raisin pour faire comme des yeux arrachés et des plats de spaghettis pour faire comme des boyaux. Et le plus chouette, c'est qu'on pouvait y plonger les mains.

Alors que, là, il n'y avait rien d'horriblement chouette. Juste des murs gris moches (maman a dit qu'elle les repeindrait. Pfff ! Comme si ça allait changer quelque chose !). Si, peut-être là où les gens précédents avaient accroché des peintures. ça faisait des rectangles marronasses.

Les plafonds étaient super hauts, même que ça rendait maman toute joyeuse. « Des plafonds de trois mètres soixante ! » elle n'arrêtait pas de répéter. Je ne voyais pas ce que ça avait de tellement extraordinaire. Le résultat, c'est que les lustres étaient recouverts de toiles d'araignée. En comparaison, mes géodes étaient sacrément plus propres.

Et puis, maman avait beau répéter : « Mais regardez-moi ces parquets splendides ! », moi je trouve que la moquette dans notre pavillon était beaucoup mieux que ces trucs en bois marron foncé qui grinçaient. Dès que l'on posait le pied, ça faisait des crouic crouic crouic. Par-dessus le marché, il y avait des araignées. Partout. Pas seulement à la cave. Et les pièces étaient glaciales ; il n'y en avait pas une pour rattraper l'autre. On aurait dit que personne n'avait vécu ici depuis au moins cent ans.

Mais il y avait encore pire que toutes ces horreurs. C'était ma chambre, celle que maman nous avait montrée en revenant de chez le marchand de glaces. Plus froide et plus noire, y avait pas. Et les planchers grinçaient plus qu'ailleurs. C'est quoi une chambre sans moquette ? Alors oui, d'accord, il y avait cette fenêtre « en saillie » (comme disait maman). Elle formait une espèce de tourelle de château, presque toute vitrée, et maman avait promis que papa allait me fabriquer un banc tout du long pour que je puisse y lire les tas de livres que je lis.

Sauf qu'on ne voyait même pas la tour relais de la ville, juste les arbres et les toits des maisons voisines.

Comment j'allais m'endormir, moi, sans la lumière rouge de la tour relais qui clignote et clignote et clignote pour que les avions n'atterrissent pas dessus ? Comment, hein ? Quand j'ai posé la question à papa, il s'est contenté de répondre :

— Eh bien, Allie, tu devras trouver une autre façon de t'endormir.

Comme si c'était possible, ça !

Bref, j'étais plantée dans cette caverne pleine d'échos et de courants d'air qui allait être ma chambre et j'ai repensé à ce qui s'était passé la veille. Mme Klinghoffer, notre agente immobilière, était venue planter un grand panneau *À VENDRE* sur la pelouse de notre joli pavillon sans parquets qui grincent et sans fantômes. Que mes parents veulent pourtant quitter. Pour des raisons idiotes.

Après avoir planté son grand panneau, Mme Klinghoffer s'est frotté les mains, toute fière d'elle, et elle m'a regardée. Je l'espionnais depuis le tas de terre (qui sera bientôt une maison neuve) derrière chez nous. J'étais en train de creuser à la recherche d'autres géodes (même si je vais être bientôt obligée de toutes les jeter). Elle m'a souri puis m'a lancé :

— Ne t'en fais pas, Allie, l'annonce disparaîtra très vite. Votre maison va se vendre en un temps record.

Il y a une règle qui existe, et c'est : *Il ne faut pas détester les gens (surtout les grandes personnes)*. Je sais que c'est une règle, parce que je l'ai écrite dans mon cahier juste après le départ de Mme Klinghoffer. N'empêche, je crois bien que j'ai détesté Mme Klinghoffer, quand elle m'a dit que notre maison allait se vendre en un temps record.

En plus, elle se trompe complètement. Je ne m'inquiète pas du tout que notre pavillon ne se vende pas. Je m'inquiète plutôt que quelqu'un l'achète avant que maman et papa se soient rendu compte qu'ils commettent une grave erreur en déménageant.

Mais bon, je suis sans doute la seule de la famille à penser comme ça. Même Mark et Kevin n'ont pas trouvé la nouvelle maison nulle. Le jour de la visite, ils se sont exclamés – « Génial ! » « Cool ! » – en découvrant leurs futures chambres, de l'autre côté du couloir par rapport à la mienne.

Ils étaient contents pas seulement parce qu'ils auraient enfin chacun leur chambre et ne seraient plus obligés de dormir ensemble. Non. Ils ont vraiment eu l'air d'aimer ces pièces affreuses comme des petites boîtes, au deuxième étage. (« Dans la future maison, les enfants auront leur propre étage, avec leur salle de bains à eux. » Au passage, elle est super vieille, la salle de bains, avec une baignoire qui a des pattes et des tas d'araignées au fond.)

Non. Mark et Kevin ont adoré leurs nouvelles chambres parce que, en plus de ne pas devoir la partager, une grille de chauffage dans le mur sépare les deux pièces. Ils ont aussitôt découvert qu'ils pouvaient se parler à travers. Ils ont tout de suite essayé. Leurs voix résonnaient bizarrement, comme s'ils communiquaient de l'espace ou un truc dans le genre. Et ils ont inventé un nouveau jeu : la navette spatiale.

Ça se passe comme ça. Un joueur s'assoit d'un côté de la grille, le deuxième joueur de l'autre côté, puis tous les deux ouvrent la grille. Ensuite, y en a un qui lance :

— Houston ? Ici la navette spatiale. Vous me recevez, Houston ? Terminé.

Et l'autre répond :

— Navette spatiale ? Ici Houston. Nous vous recevons. Terminé.

Alors, le premier dit :

— Nous avons un problème, Houston. Je répète. Nous avons un problème. Les propulseurs sont en feu. Je répète. Les propulseurs sont en feu ! Terminé.

Etc. C'est complètement idiot. Normal, non ? ce sont des petits frères. Il ne leur en faut vraiment pas beaucoup pour être contents.

Bref, Mark et Kevin ne voyaient pas du tout les défauts énormes de cette maison. Par exemple, elle était trop grande et trop délabrée pour que maman, même aidée de papa, réussisse à la réparer toute seule. Surtout sans un menuisier ou une jolie décoratrice de la télé. Et puis, on allait devoir changer d'école au beau milieu de l'année scolaire. Genre enfin, on allait devoir abandonner non seulement notre collection de pierres (du moins, ceux qui en avaient une) mais aussi nos meilleures copines.

Bon, d'accord, peut-être que nos meilleures copines n'étaient pas à la hauteur. N'empêche, elles restaient nos meilleures copines, ce qui est toujours mieux que de pas avoir de meilleures copines du tout. Et on ne tombe pas tous les jours sur une meilleure copine – même une qui n'est pas à la hauteur. Parce que les meilleures copines, c'est dur à trouver. Même celles qui ne vous causent plus.

Maman et papa nous demandaient de renoncer à tout ça. Et pour quoi ? Pour une glace tous les soirs ? Pour un chaton ? Pour une vieille maison en ruine d'où on ne voyait même pas la tour relais ? C'était trop injuste !

Mark et Kevin étaient trop jeunes pour se rendre compte de ce que maman et papa faisaient. Parce que la vérité, c'est qu'ils nous installaient, nous les enfants, au dernier étage de la maison (le plus haut possible sans nous mettre carrément au grenier – pour y grimper, il faut tirer une trappe dans le plafond du couloir, une vraie avec une corde), tout ça pour être tranquilles et « fichez-nous la paix les enfants ».

Évidemment, maman et papa ont dit que ce n'était pas vrai. Sauf que quand je les ai accusés de ça, j'ai bien remarqué qu'ils souriaient. Après, ils ont ajouté :

— À propos, Allie, as-tu réfléchi au chaton que tu voulais ?

Parce que j'ai neuf ans, ils croient que je ne suis pas capable de deviner ce qu'ils font, comme changer de sujet pour que je ne les accuse plus de nous installer tout en haut de la maison afin d'être tranquilles. Sauf que je comprends parfaitement. Non mais sans blague !

Quand on aura déménagé, et que quelque chose (comme la main d'un zombie coupé en morceaux) descendra du grenier pour nous tordre le cou (j'ai vu ça dans un film, un jour), et que nos hurlements déchireront le silence de la nuit, et que maman et papa se précipiteront dans les escaliers en tortillon pour nous sauver et qu'ils trouveront nos cadavres ensanglantés, ils seront bien attrapés et ils auront ce qu'ils méritent. Voilà !

Maman a bien senti que je n'étais pas ravie-ravie, et qu'une tripotée de chatons n'allait rien y changer. Du coup, elle a essayé de me réconforter en disant :

— Vous savez quoi, les enfants ? Vous aurez le droit de choisir les tapisseries ou les peintures de vos chambres.

— Ah bon ? a répondu Mark. Je pourrai avoir des papiers avec des camions dessus ? Ou des insectes ?

— Tout ce que tu voudras, a acquiescé maman.

— Génial ! s'est exclamé Kevin. Alors, moi, je veux du velours mauve. Comme au restaurant chinois.

— Tout ce que vous voudrez dans les limites du raisonnable, s'est reprise maman. Tu ne préférerais pas de jolis voiliers, Kevin ?

— Non.

— Des bateaux de pirates ? a proposé papa.

— Seulement s'ils sont en velours.

— Moi, je veux des tapisseries roses, ai-je dit. Et une moquette rose.

— Mais tu as déjà ça dans la maison actuelle, Allie ! a protesté maman.

— Oui.

— Ce n'est pas drôle ! Tu n'as pas envie d'essayer quelque chose de nouveau ?

— Moi si, est intervenu Kevin. J'ai envie d'essayer le velours.

— Et si vous alliez jouer dehors, les enfants ? a suggéré papa.

— C'est ça, a renchéri maman. Papa et moi devons prendre des mesures.

Mark et Kevin ont grogné. Ça leur plaisait de jouer à l'intérieur. Parce que, en plus de la grille de chauffage, la maison a aussi des longs couloirs et des passages secrets. Ce sont les escaliers et les chambres des domestiques, à l'époque où les gens en avaient encore.

Ça ne gênait pas mes frères que ces couloirs soient sombres et grinçants, et que les passages secrets aient l'odeur de l'intérieur de la basket de Scott Stamphley la fois où il m'a défiée de la renifler après le cours de gym. Ça ne les gênait pas, parce que les frères, c'est pas très délicat. Un peu comme les parents, du reste.

Il va falloir que je me souvienne de la noter, cette règle : *Les frères (et les parents) ne sont pas toujours très délicats*. Pas comme Mary Kay qui est si délicate qu'elle pleure tout le temps. Simplement, des fois… non, souvent, les petits frères ne RESSENTENT pas les choses. Par exemple, que c'est pas rigolo de jouer dans de longs couloirs sombres. Ou que nos parents nous installent au dernier étage pour se débarrasser de nous.

En tout cas, moi, je n'ai pas attendu que maman me le répète deux fois. J'ai décampé, même si, dehors, c'était l'automne, et qu'il commençait à faire un peu froid, et que la nuit tombait de plus en plus tôt. Ça valait mieux que de rester dans cette maison. Y compris rester dans le froid et le noir en attendant que maman et papa aient pris leurs mesures.

Je la détestais, la nouvelle maison.

Il y avait un grand jardin derrière, sans balançoire ni rien pour s'amuser. Juste des arbres, point barre. Pas de géodes pour commencer une collection après que la mienne aurait été jetée à la poubelle. Rien de rien, à part des plaques de terre nues, là où poussait de la pelouse autrefois.

Il y avait quand même un arbre aux branches assez basses pour qu'on grimpe dedans. Naturellement, Mark et Kevin s'y sont précipités.

— Monte jouer avec nous, Allie ! m'a crié Mark.

Il se balançait sur les branches qui pliaient sous son poids.

— Tu es trop bête, ai-je répondu, dégoûtée par son manque de délicatesse. Tu ne comprends vraiment rien ?

— Sois pas de mauvaise humeur !

— Maman et papa font une grosse bêtise en achetant cette maison.

— Moi, je l'aime bien, a pépié Kevin. Et je vais avoir du velours aux murs, comme au chinois.

Kevin adore le chinois. C'est son restaurant préféré, parce qu'il est plein de décorations kitsch, et que Kevin aime les choses kitsch. (Kitsch, ça veut dire tout ce qui brille trop.) Moi, ce n'est pas mon préféré, parce que, en plus du velours sur les murs, le menu propose de la soupe à la tortue. Ils en ont même une, de tortue, dans un grand bassin en plastique – avec son île au milieu ! –, juste à côté de l'entrée.

Pour l'instant, aucun client n'a encore commandé de soupe à la tortue. Je le sais, parce que je vérifie si la tortue est encore là chaque fois qu'on mange là-bas. Sauf que tout peut arriver. Un jour, quelqu'un aura peut-être envie de soupe à la tortue. Et ce jour-là, la bestiole sera liquidée. Selon moi, c'est maltraiter les animaux. Quand j'y pense, cela me rend triste.

— Maman a déjà dit non, ai-je répondu à Kevin. Pas de velours dans ta chambre.

— Même pas vrai ! Elle a dit que je pouvais avoir du papier avec des pirates en velours dessus.

— Ça n'existe pas.

— Si ! Et je vais aussi demander une lampe comme celles du restaurant chinois !

— Tu ne peux pas avoir une lampe en verre rouge dans ta chambre, espèce d'imbécile !

— Si ! Et c'est toi l'imbécile de ne pas aimer cette maison. Parce que cette maison, c'est le top.

— Non, ce n'est pas le top. Elle est toute noire, toute froide et toute moche.

C'est peut-être parce que j'avais pensé à la tortue du restaurant chinois. Ou alors parce que je pensais à la nouvelle maison. En tout cas, soudain, j'étais super en colère.

— C'est toi, la mocheté, Allie ! a crié Mark. Et tu sais quoi ? Je vais tout raconter à papa et maman, et t'auras pas de chaton !

Je m'en fichais. Il pouvait aussi rapporter à maman et papa que je ne l'avais tapé. D'abord, parce que je ne l'ai pas tapé fort. Enfin, pas tellement. Ensuite, parce que c'était juste son pied. (Je n'arrivais pas à atteindre autre chose, vu qu'il était perché dans l'arbre.)

Si ça ne fait pas mal, ça ne compte pas. C'est une règle.

Enfin, ce serait une règle dès qu'on serait rentrés chez nous et que je l'aurais écrite dans mon cahier.

Bref, je les ai plantés là – même si, techniquement parlant, j'étais sûrement censée les surveiller pour le compte de mes parents – et je suis partie dans l'allée (y en a une entre la nouvelle maison et celle des voisins). Je me suis retrouvée dans le jardin de devant. Je me sentais moche, aussi moche que Mark m'avait accusée de l'être. Soudain, j'ai entendu des voix et j'ai regardé à côté. C'est là que j'ai remarqué quelque chose.

Ce quelque chose, c'était une fille de mon âge qui sautait sur ses mains (en arrière s'il vous plaît !) dans la cour des voisins.

Règle n° 5

On n'a pas le droit de laisser sa famille déménager dans une maison hantée

Non seulement une fille de mon âge sautait en arrière sur les mains mais en plus, une autre fille, plus grande, lançait un bâton en l'air. Un vrai, comme les majorettes qu'on voit à la télé. Et elle réussissait même à le rattraper !

D'abord, je les ai fixées comme une ahurie, parce que c'était les premiers êtres vivants que j'apercevais dans le nouveau quartier. Toutes les maisons de la rue étaient comme la nôtre, énormes et effrayantes avec des tas et des tas de tourelles et de fenêtres et de jardins entourés de grandes haies et de vieux arbres avec des branches qui fichent la trouille.

Alors moi, bien sûr, j'avais cru que des tas et des tas de vieux habitaient ici.

Sauf que maintenant, je voyais bien qu'il y avait des jeunes aussi. Des jeunes qui, par-dessus le marché, savaient sauter sur leurs mains en arrière. Des jeunes qui savaient lancer et rattraper un bâton de majorette ! Celle qui sautait sur ses mains était drôlement fortiche. Elle devait faire de la gym depuis longtemps, parce qu'elle était carrément montée sur ressorts. Et elle « ressortissait » dans tout le jardin.

Moi, je suis nulle, en gym. Mais je fais de la danse classique depuis deux ans. Et je m'accroche. Même si Mary Kay a abandonné parce que Madame Linda ne la choisissait jamais pour porter la tiare à la fin du cours. Avant ça, Mary Kay m'avait obligée à prendre des leçons de claquettes (horrible) avec elle et ensuite des cours de gym (horriblement horrible). Mon père dit qu'on n'a rien sans rien et qu'il faut se forcer. Mais je pense que ceux qui ne se forcent pas ont de la veine. Parce que, comme ils passent d'un truc à l'autre, ils ont plus de temps pour trouver le truc qu'ils aiment. Comme collectionner les géodes.

Pourtant, je n'ai pas renoncé à la danse. La seule chose que je préfère à la danse, c'est le base-ball, qui est un sport très chouette parce qu'on tape dans une balle avec une batte. Plus tu frappes fort, mieux c'est. C'est super ! Malheureusement, on n'a pas toujours le droit de frapper. Il y a aussi les moments barbants où il faut attendre ton tour.

Comme à la danse. Le mieux, dans la danse, c'est le grand jeté. C'est quand on court et que l'on saute le plus haut possible en écartant les jambes, comme si on volait.

Le moins sympa, dans la danse, ce sont les exercices à la barre. La barre, c'est ce qu'il faut tenir pendant les pliés et d'autres choses encore, et tout ça ce sont des échauffements pour réussir le grand jeté.

Ça m'est égal de frapper la balle avec ma batte et de la rater. Ça m'est aussi égal quand Madame Linda dit que mes grands jetés ne sont pas les meilleurs de la classe, et quand c'est une autre fille qui a le droit de porter la tiare à la fin du cours.

Ce qui ne m'est pas égal, par contre, c'est quand les gens essaient de m'obliger à faire des choses que je ne veux pas faire. Déménager quand je n'ai pas envie, par exemple. Ou abandonner la gym parce que mon corps n'est pas monté sur ressorts.

Contrairement à la fille qui sautait sur ses mains en arrière dans son jardin. Son corps à elle était carrément monté sur ressorts.

Tout à coup, j'ai remarqué qu'elle avait arrêté de marcher sur les mains. Et qu'elle m'observait par-dessus la haie qui entoure sa maison et sépare nos jardins.

— Salut ! a-t-elle dit en me regardant droit dans les yeux avec un grand sourire. Tu es la nouvelle ?

J'ai failli me retourner pour voir à qui elle parlait. Parce que moi je dis, je n'étais pas la nouvelle. Moi, je suis Allie Punchie. Puis je me suis rappelé où j'étais. Je me suis rappelé que, ici, c'était bien moi la nouvelle.

— Oh ! ai-je dit. Salut. Oui. Mon nom, c'est Allie Punchie.

— Et moi, Erica Harrington.

Elle souriait comme une dingue. Difficile d'imaginer qu'elle était du style à se mettre à pleurer parce que quelqu'un avait réclamé d'être la lionne pour changer.

— Et ça, a-t-elle continué, c'est ma sœur. Missy.

— Melissa, a rectifié l'autre, pas très gentiment, du reste.

Cette Melissa, elle n'avait pas arrêté de lancer son bâton et de le rattraper tout en parlant. Elle était drôlement douée. Presque autant qu'Erica en gym. Même si cette dernière avait l'air complètement indifférente au talent de sa sœur. C'était sûrement normal si elle la voyait s'entraîner tous les jours.

— Je suis en C.M.1, a ajouté Erica. Missy est en sixième, au collège. Et toi ?

— Je suis en C.M.1 aussi.

Déjà, je me sentais moins seule et moins triste qu'avant, dans le jardin et à l'intérieur de la nouvelle maison moche. Je commençais même à me sentir un peu – un tout petit peu – contente. Parce que je pensais à une chose. Erica avait le même âge que moi et si ça se trouve, elle finirait par devenir ma nouvelle meilleure copine. Mais rien n'était sûr. Il était trop tôt pour dire et tout.

N'empêche. Elle habitait juste à côté, et elle était au C.M.1 comme moi. En plus, elle avait l'air de pouvoir faire une drôlement meilleure amie que Mary Kay. À première vue, du moins. Elle était capable de sauter sur ses mains en arrière, elle avait une sœur au collège qui savait lancer et rattraper un bâton de majorette, et elle n'avait pas semblé vouloir pleurnicher depuis qu'on s'était mises à discuter, genre deux minutes plus tôt. Ce qui était carrément un record du monde.

Seulement, j'ai évité de trop espérer, vu que ma journée avait déjà été une sacrée déception, entre la maison hantée, ma chambre sombre et le reste. En plus, y avait des chances qu'une fille comme Erica ait déjà une meilleure copine. Il ne fallait pas que je me fasse trop d'illusions.

— Je vais à l'école élémentaire de la Butte aux Noyers, ai-je dit. (Je faisais des tas et des tas d'efforts pour rester calme, mais je parlais trop vite, et je m'embrouillais un peu dans les mots.) Sauf que j'entrerai à celle des Pins le mois prochain, après le déménagement.

Erica a poussé un cri pour montrer qu'elle était contente elle aussi.

— On sera peut-être dans la même classe ! a-t-elle hurlé. Tu sais déjà qui sera ta maîtresse ? Parce qu'il y a deux C.M.1. Il y a celui de Mme Danielson, qui est gentille. Et il y a celui de Mme Hunter, où je suis, et elle est très gentille. J'espère que tu seras avec moi.

— Moi aussi, ai-je hurlé.

J'ai hurlé parce qu'Erica hurlait. *Quand quelqu'un crie de joie, la politesse veut que l'on crie aussi.* C'est une règle. (Enfin, dès que je serai chez moi, ça en deviendrait une.)

— Arrêtez de brailler comme ça, a râlé Melissa. Vous me donnez mal à la tête.

— Oh pardon ! ai-je chuchoté. Tu aimes les chatons ? ai-je demandé ensuite à Erica. Parce que je vais en avoir un.

— Je les adore ! a-t-elle encore crié. Il sera de quelle race ?

Ça tombait bien qu'elle pose la question, parce que j'avais drôlement réfléchi à ça depuis que mes parents m'avaient autorisée à avoir un chat.

Eh bien, ai-je répondu, la race, ce n'est pas très important, même si je suis folle des persans parce qu'ils sont sacrément touffus, et j'aime les chats touffus. Mais l'important c'est que j'aie un chaton qu'on sauvera de la rue, car des tas de chats errants ont besoin d'un foyer. Alors, j'aurai ce que la S.P.A. me donnera quand on ira là-bas.

— Notre chatte, Polly, est de la S.P.A., a crié Erica. Tu veux entrer la voir ? Et ma maison de poupées aussi ?

— Je serais très contente de les voir toutes les deux, ai-je crié aussi.

À cause de la politesse. Sauf que Melissa nous a grondées :

— Je vous ai demandé d'arrêter de hurler. Et toi, Allie, tu ne devrais pas prévenir tes parents d'abord ?

— Non, ils s'en moquent. Désolée d'avoir crié.

Et voilà ! C'est comme ça que je suis devenue amie avec Erica la voisine de la nouvelle maison.

Attention ! Je ne dis pas meilleure amie, bien sûr. Pas du tout. Ni elle ni moi, on n'a parlé d'être des meilleures copines. Je suis sûre qu'une fille comme elle a des tas et des tas de copines, et même, peut-être, trois ou quatre meilleures. Simplement, c'était chouette d'être avec elle.

Sa maison est presque comme la nôtre. Sauf qu'elle n'est pas noire et déprimante ; elle est gaie et accueillante. Parce que ses parents l'ont déjà drôlement restaurée. Par exemple, à la place des murs gris, ils ont mis du papier peint blanc cassé avec des petits boutons de rose dessus.

Et leurs planchers ne sont pas marron foncé mais marron clair et brillants, et ils ne craquent pas. En tout cas, pas des craquements qui font peur. Et les lustres sont tout propres, et ils éclairent quand on allume, pas comme les nôtres qui ne font rien du tout, sauf être moches et pleins de toiles d'araignée.

Erica m'a présentée à Polly. C'est une belle chatte tachetée. Elle ne m'a craché dessus qu'une seule fois. Puis Erica m'a montré un bouton rigolo sous le tapis de la salle à manger. Quand on appuie dessus, ça sonne dans un passage secret près de la cuisine. À la vieille époque, c'était pour signaler à la cuisinière que la famille attendait le plat suivant, genre la salade. Erica et moi, on s'est drôlement marrées à appuyer sur ce bouton, jusqu'à ce que sa mère vienne nous dire que si nous allions nous amuser avec la maison de poupées d'Erica, on aurait droit à un chocolat chaud.

Du coup, on est montées dans la chambre d'Erica. Elle est exactement comme la mienne dans la nouvelle maison, mais retapée et jolie, avec de la moquette rose et le même lit à baldaquin que le mien dans l'ancienne maison. La seule différence, c'est que sa chambre, elle n'est pas effrayante ni déprimante !

Dans sa tourelle, il y a une énorme maison de poupées, aussi grande que moi. D'après Erica, elle est dans sa famille depuis sa mémé. Il y a même des lumières qu'on peut allumer ! Et l'eau courante pour que les poupées se lavent. (Sauf que c'est pour rire, parce qu'elles sont en feutrine, et ça les déforme de les mouiller.) C'était la plus jolie maison de poupées que je voyais de ma vie. Kevin en serait mort de bonheur. Mais, le top du top, c'est qu'Erica n'a pas pleuré quand je lui ai demandé si je pouvais jouer avec la fille. Elle n'a même pas reniflé ! Elle a juste répondu sur un ton joyeux :

— D'accord ! Moi, je serai la mère.

Plus tard, quand j'ai proposé que le bébé soit enlevé, et que les kidnappeurs – sa série de dauphins en cristal – envoient une de ses oreilles coupée pour une rançon, elle ne s'est pas fâchée, parce que je jouais à avoir peur. Au contraire, elle a fait s'évanouir la mère avant d'appeler à l'aide la police des terroristes. C'était chouette.

On en était au moment où les chats en cristal trouvaient la solution du crime quand la porte de la chambre s'est brusquement ouverte, et qu'un garçon a déboulé en braillant :

— C'est quoi ce chambarre, là-dedans ?

— Allie, a dit Erica, très calme, comme si elle était habituée à ce que des garçons déboulent dans sa chambre tout le temps, je te présente mon frère John. Il est en quatrième. John, voici Allie. Sa famille va habiter à côté. Il n'y a pas de chambarre, on joue. Les dauphins ont enlevé le bébé, c'est une catastrophe. Heureusement, la police des terroristes est sur l'affaire.

— T'emménages à côté ? m'a demandé John, inquiet. J'imagine que tu es au courant ?

— Au courant de quoi ? ai-je répliqué.

— Des raisons pour lesquelles les derniers voisins ont dû partir.

— Non. On ne les connaît pas. Ils avaient déjà déménagé quand on a eu les clés.

— Oh ! Alors, mieux vaut que je me taise.

Il a secoué la tête.

— Qu'est-ce que tu racontes ? est intervenue Erica. Les Ellis sont partis en Floride pour leur retraite.

— C'est ce qu'ils ont fait croire à tout le monde ! Mais suis mon conseil, Allie, ne monte jamais au grenier.

— Au grenier ? Pourquoi ? Qu'est-ce qu'il y a, là-haut ?

Mes yeux s'étaient écarquillés tout seuls. J'ai repensé à la longue corde qu'il fallait tirer, au milieu du couloir. John a frissonné.

— Évite d'y aller, c'est tout. Compris ?

— De quoi tu parles, John ! a protesté Erica. Il n'y a rien au...

Mais à cet instant, Mme Harrington est entrée à son tour dans la chambre. Elle était tout émue parce que je n'avais pas prévenu mes parents que j'étais chez elle, et maintenant ils me cherchaient partout, fous d'inquiétude. Mais qu'est-ce qui m'avait pris de ne pas les avertir ?

Pendant qu'elle m'entraînait dans les couloirs aux papiers peints blanc cassé pleins de petits boutons de rose, je me suis dit : « Comment c'est arrivé ? Comment je suis passée du moment où je jouais bien avec ma peut-être nouvelle meilleure copine au moment où il y a quelque chose d'affreux dans le grenier de ma nouvelle maison ? »

Qu'est-ce que ça pouvait bien être, d'ailleurs, cette chose affreuse ? Qu'est-ce que les Ellis avaient laissé derrière eux de si horrible qu'un type de quatrième presque aussi grand que mon père chuchotait quand il en parlait ? Alors que Mme Harrington me poussait devant elle dans l'escalier, j'ai listé dans ma tête tout ce que j'avais entendu sur ce qui vit dans les greniers.

Des rats ? Non, ça ne suffit pas à effrayer un quatrième. Des chauves-souris ? C'est dégoûtant, les chauves-souris. Mais pas assez terrifiant non plus. Une sorcière ? Pfff ! Les quatrièmes n'ont pas peur des sorcières. Qui vivent même pas dans les greniers, en plus. Un fantôme ? Oui, c'était possible. Sauf que les fantômes ne font pas de mal aux gens, non ? Ils surgissent juste sans crier gare pour leur faire peur.

Et c'est là, alors que Mme Harrington me mettait dehors, que je me suis rappelé. La main de zombie. La main sans corps qui sortait du grenier pour tuer des gens dans le film que j'avais vu !

J'ai failli rentrer en courant dans la grande maison confortable d'Erica. J'ai failli supplier sa mère de me laisser vivre avec eux. Parce que cette main, toute verte, toute luisante dans le noir, elle m'avait vraiment fichu la trouille de ma vie.

Sauf que je n'ai pas eu le temps de bien y réfléchir, parce que maman et papa attendaient devant la maison des Harrington, et ils étaient très en colère après moi parce que j'étais allée chez les voisins sans les prévenir. Alors que, dans notre quartier, j'ai le droit d'aller chez Mary Kay quand je veux sans rien leur demander. Enfin, presque. En tout cas, ce n'était pas pareil ici, visiblement. J'étais dans le pétrin.

Je leur ai raconté ce que le frère d'Erica m'avait dit. Pendant tout le trajet du retour, dans la voiture. Sauf qu'ils n'ont pas compris.

— Nous avons rencontré les Ellis, m'a répondu maman. Ce sont des gens charmants, Allie.

— Et nous sommes montés au grenier, a ajouté papa. Il n'y a rien là-haut, en dehors de quelques vieux cartons.

— Vous les avez ouverts ? ai-je demandé. Parce que c'est sûrement dedans.

— Qu'est-ce qui est dedans ? s'est impatienté papa.

— La chose.

Je ne voulais pas préciser devant Mark et Kevin qui, assis à l'arrière avec moi, se régalaient de leur glace vanille avec coulis de cerise et glace vanille avec nappage au caramel. (Tout le monde avait eu droit à une glace sur le chemin du retour. Tout le monde sauf moi. C'était ma punition pour ne pas avoir prévenu mes parents que j'allais jouer chez les voisins.)

— Vous savez bien ! ai-je juste lâché.

Ça s'appelle une allusion. Pour que maman et papa comprennent sans faire peur à Mark et Kevin. En même temps, il faudra bien qu'ils se décident à grandir un jour, ces deux-là. Et puis, c'était une question de vie ou de mort. Alors, j'ai dit :

— La chose qui sort la nuit et qui…

Et j'ai mimé une main qui me serre le cou.

— Est-ce que ton oncle Jay t'aurait laissée regarder des films d'horreur avec lui quand il vous garde le soir, Allie ? a voulu savoir maman.

— Peut-être, j'ai répondu.

Non mais sans blague ! Comme si j'allais révéler mon pacte secret avec Oncle Jay ! Il m'a juré qu'il ne rapporterait jamais que je regarde des films d'horreur si je lui jurais que je ne rapporterais jamais ce qui est vraiment arrivé à la montre de plongée de papa.

Ma mère dit qu'Oncle Jay, le frère de papa, souffre du syndrome de Peter Pan. Ça veut dire qu'il ne veut pas grandir. Mon père, lui, il dit juste qu'il est comme tous ses étudiants – un peu irresponsable.

Moi aussi, j'y ai eu droit, d'ailleurs. D'être traitée d'irresponsable. Parce que j'étais partie chez Erica sans avertir et sans surveiller mes frères, comme j'étais censée le faire. Techniquement parlant.

N'empêche, aller chez Erica, c'était drôlement responsable. Sinon, personne dans la famille n'aurait su la vérité sur la nouvelle maison.

D'ailleurs, c'est sûrement la raison pour laquelle maman et papa ne l'ont pas payée cher, cette maison. Il n'y a pas d'autre raison pour expliquer qu'ils aient pu acheter une maison aussi grande, avec autant de chambres, même si maman a repris le boulot et si papa a une chaise… ou une chaire (c'est pareil). Les maisons hantées, c'est donné. Surtout quand on doit les rénover soi-même. Tout le monde sait ça.

— Chérie, a repris maman, il n'y a rien dans ces cartons. Juste des vieilleries dont nous comptons nous débarrasser, de toute façon. Dès qu'on nous aura livré la poubelle. La prochaine fois que nous irons dans la nouvelle maison, je t'emmènerai au grenier pour te montrer.

— Je n'irai pas ! ai-je répliqué sur un ton ferme.

— Moi, je veux bien y aller, a dit Mark, du coulis de cerise plein le menton. (Quel gros dégoûtant !) Même pas peur.

— Moi non plus je n'ai pas peur, ai-je protesté. Sauf pour vous deux. Je ne veux pas que vous soyez assassinés dans votre lit par une main de zombie.

— Il n'y a aucun zombie au grenier, a décrété papa. J'ignore ce que le garçon d'à côté t'a raconté, Allie, mais il s'est moqué de toi.

Pfff ! Les grandes personnes ne connaissent rien à rien. On ne peut pas arrêter une main de zombie. Jamais. Même avec une tronçonneuse, comme essayait le gars dans le film que j'ai regardé avec Oncle Jay. De toute façon, maman et papa s'en moquent. Ce ne sont pas eux qui devront dormir au dernier étage. Juste sous le grenier. Avec la trappe et la corde qui pend.

La vérité, c'est qu'on est cuits ! Et ils ne le savent même pas. Ou alors ils s'en fichent. Maman m'a même grondée :

— Je n'aime pas que tu parles ainsi, Allie. Tu effraies tes frères.

— Même pas vrai ! ont piaillé Mark et Kevin.

Sauf qu'elle a continué comme s'ils n'avaient rien dit :

— Si tu persistes dans ce genre d'attitude, aller chez les voisins sans nous avertir et répandre des histoires de zombies, je connais une petite fille qui n'aura pas de chaton.

Si maman croit que ça va m'arrêter, elle me connaît mal.

Ce soir-là, quand on est arrivés chez nous, après que papa a promené Marvin, je me suis faufilée dehors, et j'ai arraché le panneau *À VENDRE* que Mme Klinghoffer avait planté juste devant notre porte. Ensuite, je l'ai caché dans le tas de terre de la maison qu'ils construisent derrière. Si je me fais attraper, je sais que ma punition sera pire que d'être privée de dessert. Pour le coup, je n'aurai pas de chaton du tout. Sûr et certain.

Sauf qu'il faut bien que quelqu'un essaie de sauver la famille. Je suis obligée de me dévouer. Qu'est-ce que c'est qu'un chaton (surtout quand tu ne l'as pas encore), comparé à protéger ta famille contre les forces du mal (surtout sous la forme d'une main de zombie) ?

Même si j'aurais drôlement aimé avoir une petite chatte rayée gris et noir comme celle en cristal d'Erica. Je l'aurais appelée Minouche. Minouchette pour les câlins. Je lui aurais mis un collier rose et je lui aurais permis de dormir sur mon oreiller toutes les nuits. Avec un chat pareil, ça n'aurait pas été grave si, en regardant par ma fenêtre, je ne voyais plus la tour relais qui clignote. Je me serais endormie très bien sans. Juste avec Minouche qui ronronne près de moi.

Mais quelle sorte de maîtresse je serais, si j'amenais un chaton dans une maison froide, sombre et effrayante pour qu'une main de zombie qui vit dans le grenier lui arrache les tripes. Je ne pouvais pas faire ça à une pauvre bête innocente !

Surtout si la seule façon d'avoir un chaton, c'était de déménager. Et déménager, j'étais certaine à cent pour cent que c'était la dernière chose au monde que je voulais. Bien sûr, ça allait me manquer de ne pas avoir Erica comme amie. Avoir une amie qui ne pleure pas, ça aurait été chouette. Mais je ne pouvais pas laisser mes parents vendre notre maison et déménager dans la nouvelle. Je n'avais pas le droit.

Parce qu'on n'a pas le droit de laisser sa famille déménager dans une maison hantée.

C'est une règle. Plus, même.

C'est un fait.

Règle n° 6

Il ne faut jamais contredire Brittany Hauser si on tient à sa peau

La seule personne de ma classe avec Mary Kay qui n'a pas eu l'air triste parce que j'allais peut-être (bon, d'accord : sûrement) déménager, c'est Scott Stamphley. Mais ça n'a rien d'étonnant. Au moins, Scott est logique avec lui-même. Il déteste toutes les filles de C.M.1 de la même façon. Sans raison.

Dommage qu'on ne puisse pas en dire autant de Mary Kay. Elle m'en voulait toujours d'avoir raconté à Scott que j'allais déménager le jour de son anniversaire alors que j'avais juré de me taire. Alors que ce n'était même pas vraiment ma faute. Enfin, si. Un peu. Pas beaucoup.

En tout cas, à part Mary Kay et Scott Stamphley, les autres élèves de Mme Myers ont été très sympas avec moi en apprenant mon départ. Par exemple, ils m'ont souvent nommée capitaine en cours de sport. Ça voulait dire que je pouvais tous les jours choisir qui j'avais envie dans mon équipe. Et aussi, à la cantine, Mme Fleener m'a donné du lait chocolaté, alors que maman avait payé juste pour du lait normal.

Et puis, Mme Myer a commencé à accrocher mes interrogations de sciences et de maths où j'avais eu des bonnes notes sur le tableau d'affichage près de son bureau. Et elle a choisi mes dessins de chien pour les suspendre sur les murs de la classe. (Je ne voudrais pas me vanter, mais peut-être parce que je vis avec un chien, je suis très douée pour les dessiner, surtout assis ou quand ils attendent un os.)

Tout ça, c'était les bonnes choses du déménagement – les seules, d'ailleurs –, celles qui ne me donnaient pas envie de dire : « Vous savez quoi ? En fait, si tout se passe comme prévu, on ne déménagera pas, finalement. Mais merci quand même. »

Après, il y avait aussi les mauvaises choses du déménagement. Les choses en plus de devoir jeter ma collection de géodes, de la main de zombie dans le grenier, de ma nouvelle chambre moche, de la future école et tout ça…

Une de ces choses, c'est que Brittany Hauser et quelques filles s'inquiétaient parce que Mary Kay et moi, on s'était disputées. Alors, elles essayaient de nous réconcilier en inventant des raisons pour qu'on mange côte à côte à la cantine. Par exemple, elles disaient :

— Aujourd'hui, toutes celles qui portent du bleu doivent s'asseoir à droite de la table. À droite, Mary Kay !

Et puis, elles m'encourageaient à prendre Mary Kay dans mon équipe quand j'étais capitaine en sport.

— Tu devrais vraiment choisir Mary Kay, Allie. Elle est drôlement douée au volley. Je t'assure !

Elles pensaient sans doute que si on était assises ensemble ou si Mary Kay était dans mon équipe on serait obligées de se parler. Et que si on se parlait, on serait de nouveau amies. Et que tout redeviendrait normal.

Ce qu'elles ne comprenaient pas, c'est que rien ne redeviendrait plus jamais normal. À cause du déménagement et à cause de ce qui s'était passé entre Mary Kay et moi. Les choses n'étaient plus normales depuis le jour où j'avais effleuré la luette de Mary Kay avec la spatule. D'ailleurs, c'est pour ça que je m'étais mise à écrire mes règles dans mon carnet à spirale. D'accord, seule Mary Kay était au courant de ce malheureux incident. N'empêche.

Bref, aucune des tentatives de réconciliation de Brittany et de ses amies n'a marché. Parce que, chaque fois que Mary Kay se retrouvait près de moi, par hasard ou exprès, elle se levait, prenait ses grands airs et tournait les talons. Alors que moi, franchement, j'étais d'accord pour faire un effort.

Ou si elle était dans mon équipe en sport, elle restait aussi loin de moi que possible… par exemple, sur les bords du terrain où le ballon ne va jamais. (Mais c'était aussi bien, parce que, d'habitude, Mary Kay se baisse en criant et court se cacher si un ballon fait mine d'approcher d'elle.)

J'ai dit à Brittany que c'était perdu d'avance. Je lui ai demandé de laisser tomber. D'après ma mère, Mary Kay est rancunière comme personne. Y compris Grand-mère, la mère de papa. Qui n'adresse toujours pas la parole à Oncle Jay parce qu'il a abandonné la médecine pour étudier la poésie. Et ça s'est passé il y a trois ans.

Sauf que Britanny refusait de laisser tomber.

— Allie, m'a-t-elle expliqué, toi et Mary Kay, vous ne pouvez pas cesser d'être amies. Vous êtes meilleures copines depuis la maternelle. On ne brise pas une amitié aussi longue pour quelque chose d'aussi bête, comme dire à Scott Stamphley que tu déménageais.

— Le jour de l'anniversaire de Mary Kay, alors qu'elle m'avait demandé de n'en parler à personne, ai-je précisé.

Ne pas tenir une promesse faite à sa meilleure amie le jour de son anniversaire, c'est ne pas respecter une règle élémentaire. Je le sais, maintenant. Maintenant que j'ai mon cahier de règles. Dommage que je ne l'aie pas su avant.

— N'empêche, a poursuivi Brittany. Toi sans Mary Kay, c'est comme un sandwich sans pain. Comme le sel sans le poivre. Comme… comme…

— Moi sans toi ? a proposé Courtney Wilcox.

Elle voulait aider.

— Hum, ouais, a répondu Britanny. Passons. Ce qui compte, Allie, c'est qu'on doit trouver un moyen pour que vous recommenciez à vous parler, vous deux.

— Mouais.

J'avoue que je ne tenais pas vraiment à mentionner la vérité devant elle – que je n'allais peut-être pas déménager, finalement. Parce que mon plan pour qu'on ne vende pas notre pavillon avait l'air de fonctionner. Mes parents n'avaient pas encore remarqué que le panneau *À VENDRE* avait disparu de la pelouse. Bien sûr, j'avais encore du boulot. Mme Klinghoffer avait mis des annonces sur Internet, et il était prévu une journée portes ouvertes le week-end prochain.

Sauf que je ne pouvais pas tout faire en même temps. Quand même, j'avais appris un truc de l'épisode avec Scott Stamphley : maintenant, je ne confierai plus aucun secret à personne. Au cas où.

— Écoute, a repris Brittany, laisse-moi faire. O.K. ?

— Faire quoi ?

— Régler le problème Mary Kay. J'ai un plan.

— Ah bon ?

Je n'étais pas sûre d'apprécier.

— Parfaitement. Et génial !

Pour le coup, je n'ai plus douté : ça ne me plaisait vraiment pas. La dernière fois que Brittany a eu un plan génial – nous débarrasser de la remplaçante quand Mme Myers a eu la grippe –, ça s'est mal terminé : la remplaçante a pleuré dans la salle des profs ; la directrice, Mme Grant, est venue dans notre classe et nous a privés de récré pendant une semaine. Ça lui était sûrement bien égal à Brittany, qui n'aime pas beaucoup le base-ball.

Mais moi, ça ne m'était pas égal d'être privée de récréation. Je n'ai rien dit, bien sûr. À propos du nouveau plan de Brittany.

Une des autres choses que je n'aime pas dans le base-ball (en plus d'être obligée d'attendre que ce soit mon tour de frapper la balle), ce sont les joueurs qui se fâchent et qui pinaillent pour savoir si le point a été marqué ou non, font perdre du temps à tout le monde et m'obligent à attendre encore plus longtemps pour que ce soit mon tour de frapper. Ces gens, ils sont insupportables.

Sauf que le pire de tout, ce sont les jeteurs de batte. Ceux qui se mettent tellement en colère pendant un match qu'ils balancent leur batte par terre. Chez les pros, ce geste, c'est l'exclusion immédiate.

Pour mon père, jeter sa batte, c'est manquer d'esprit sportif. La seule chose encore plus pire, c'est jeter son club de golf, parce qu'un club c'est fragile et ça peut se fendre (ce que j'ai découvert quand j'ai essayé d'ouvrir en deux mes géodes avec celui de mon père), et un éclat peut entrer dans l'œil de quelqu'un.

À l'école, le pire des pires jeteurs de batte, ce n'est pas Scott Stamphley. C'est Brittany Hauser. Une fois, elle a balancé la sienne par terre si fort que la batte a rebondi et a failli assommer le receveur.

(Le receveur, au base-ball, c'est celui qui est à genoux à côté du batteur, avec un gant, et qui doit rattraper la balle que le lanceur a lancée.)

En tout cas, c'est devenu une nouvelle règle : *Éviter d'être receveur quand Brittany Hauser est à la batte.*

Brittany n'est pas méchante. Elle a juste mauvais caractère. Et quand rien ne marche comme elle voudrait, elle jette les objets par terre. Voilà pourquoi : *Il ne faut jamais contredire Brittany Hauser si on tient à sa peau.* (Encore une règle.)

Donc, quand elle m'a annoncé qu'elle avait un plan génial pour nous réconcilier, Mary Kay et moi, je n'ai pas protesté, du genre : « Euh… merci, Brittany, mais c'est pas obligé. » Hé, je ne suis pas folle ! L'agrafeuse de Mme Myers était juste à portée de main, figurez-vous.

De toute façon, j'étais sûre que son plan allait échouer. Parce que Mary Kay ne me pardonnerait pas. Jamais. Je le savais vu que, un peu plus tôt ce jour-là, dans les vestiaires, je m'étais approchée d'elle.

— Écoute, Mary Kay, lui avais-je dit, je suis vraiment désolée pour ce que j'ai fait. J'ai été bête. Je ne voulais pas te blesser. Tout ce que je veux, c'est qu'on soit de nouveau copines. J'ai écrit les règles de l'amitié dans mon cahier, comme je t'ai montré, et j'essaie de les suivre de toutes mes forces. Alors, je me demandais… Est-ce que tu crois que tu pourrais me pardonner, là, maintenant ?

Mais Mary Kay avait pris ses grands airs et tourné les talons. Comme toujours. Alors, Brittany pouvait bien avoir un plan, il ne marcherait pas. Ce que tout le monde sur terre avait l'air d'avoir deviné. Sauf elle. Brittany.

Bah ! Elle le découvrirait bien assez tôt.

Je n'aurais qu'à m'arranger pour ne pas être dans la ligne de tir quand ça se produirait.

Règle n° 7

La première impression est très importante

J'aurais dû demander à Brittany si elle avait une idée pour empêcher que notre pavillon soit vendu. Je parie qu'elle aurait eu un plan pour ça aussi. Sauf qu'elle m'aurait sûrement conseillé d'y mettre le feu. Et moi, je voulais rester vivre dedans.

J'ai donc été obligée de réfléchir pour inventer mon propre plan. Je ne savais pas trop comment j'allais m'y prendre ; je savais juste que je devais trouver un moyen d'empêcher que notre maison parfaite soit vendue. Comme ça, maman et papa seraient obligés de se débarrasser de la nouvelle maison moche. À force de traîner dans les parages quand maman téléphonait à Mme Klinghoffer, j'avais appris des tas de choses sur l'immobilier. Par exemple, qu'on n'avait pas les moyens d'avoir les deux maisons en même temps. En tout cas, pas très longtemps.

Donc, la solution, c'était de garder la chouette, pour que mes parents n'aient pas d'autre choix que de revendre la moche. Ça semble injuste, je sais. Mais le plus injuste encore, c'était acheter une maison hantée avec une main de zombie dans le grenier sans même en parler aux enfants avant.

Mme Klinghoffer a expliqué que tout allait dépendre de la journée portes ouvertes organisée pour le week-end. Le jour des portes ouvertes, les gens qui ont une maison à vendre y laissent entrer n'importe qui. Comme ça, tous les curieux qui en ont envie peuvent fourrer leur nez partout et fouiller dans les affaires de tout le monde pour décider s'ils veulent vivre ici ou non.

J'ai bien dit : n'importe qui ! De parfaits étrangers allaient fouiller dans mes affaires ! Maman a juré que personne n'allait fouiller dans mes affaires. Elle a dit que les gens visiteraient juste la maison, pour mesurer la surface ou vérifier que l'eau chaude marche, par exemple.

Si c'était vrai, pourquoi elle nous a forcés à ranger nos chambres comme jamais ? Et pourquoi est-ce qu'il a fallu qu'on empile les jouets avec lesquels on ne joue plus, d'abord ? Et pourquoi elle a emporté ces jouets aux œuvres de charité, soi-disant pour « faire de la place » ?

Bon, d'accord, je suis un peu trop vieille pour m'amuser avec mes figurines. N'empêche, ça ne veut pas dire que j'ai envie de les donner à un enfant que je ne connais pas du tout !

Enfin, elle ne m'a pas obligée à jeter mes pierres. Pas encore. C'était toujours ça. Mais ça n'allait pas tarder.

— Je ne peux même pas passer l'aspirateur autour des sacs en papier, s'est-elle plainte. C'est ridicule, Allie. Pourquoi conserver dix sacs pleins de cailloux ? Je te demande de t'en débarrasser.

— Quand on déménagera, tu as dit. On n'a pas encore déménagé.

— J'ai embauché une société de nettoyage pour laver les moquettes. Comment vont-ils réussir à shampouiner sous ces sacs ? Déplace-les, au moins. Mets-les sur une étagère !

Ça m'a donné une idée. Une deuxième, après la première que m'avait donnée le jour des portes ouvertes, où des curieux allaient fourrer leur nez partout et fouiller dans mes affaires. Donc, j'ai obéi. J'ai pris l'échelle du garage et j'ai rangé mes sacs de pierres. Avec beaucoup de précautions. Lorsque les nettoyeurs de moquette seraient partis, il faudrait juste que je pense à les redéplacer. Comme ça, ma collection serait dans l'endroit idéal pour les curieux des portes ouvertes.

En attendant, j'avais des tas et des tas d'autres soucis. Par exemple, maman et papa avaient pris rendez-vous dans la nouvelle école pour qu'on rencontre nos futurs enseignants. Ils devaient passer nous chercher au beau milieu de la journée. J'allais manquer ma matière préférée, les sciences. Ça m'a mise drôlement en colère, d'ailleurs.

Même si j'étais surtout nerveuse. Et si je n'aimais pas la nouvelle école ? Et si je n'aimais pas ma nouvelle maîtresse ? Maman et papa ne savaient pas encore avec certitude qui ce serait : Mme Hunter (celle d'Erica) ou l'autre, Mme Danielson. Bref, je devais rencontrer les deux. Si j'avais bien compris, il y avait plus d'élèves en C.M.1 que dans les autres niveaux, et personne n'avait encore décidé dans quelle classe on allait me mettre.

J'attendais que maman et papa viennent me chercher, quand j'ai pensé à ce qui pouvait être pire encore. Et si les C.M.1 ne m'aimaient pas ? Parce que c'était possible. Rien que dans ma classe actuelle, il y avait déjà au moins deux élèves qui ne m'aimaient pas – Scott Stamphley et mon ancienne meilleure copine. Alors, ça pouvait arriver là-bas aussi ! Ça m'a rendue tellement nerveuse que j'ai eu envie de vomir.

— Vous savez, ai-je dit à mes parents quand ils nous ont récupérés, Mark et moi (Kevin était déjà dans la voiture), s'il n'y a pas de place pour moi dans la nouvelle école, je suis d'accord pour rester dans l'ancienne.

— Bien joué, mais non, a répliqué papa. Monte dans la voiture.

On a roulé jusqu'à la maison hantée et on s'est garés dans l'allée.

— La nouvelle maison est si près de l'école que vous pourrez vous y rendre à pied, a expliqué maman. Nous avons décidé de vous montrer le chemin.

— Super, a dit Mark.

Il a ramassé une pomme de pin qui était tombée d'un des arbres énormes qui encombrent le jardin et l'a lancée sur un oiseau. Qui, bien sûr, a eu le réflexe de s'envoler avant que la pomme de pin ne l'atteigne.

— Papa ! ai-je crié.

Après tout, un futur vétérinaire ne peut tolérer qu'on maltraite les animaux. Même si le maltraitant rate son coup.

— Mark, a grogné papa.

— Je savais que je ne l'aurais pas, s'est défendu mon frère.

— Tâchons de passer du bon temps ensemble et de ne rien jeter sur personne, a décrété papa.

Facile à dire ! C'est pas lui qui avait à s'inquiéter du fait que des tas de C.M.1 ne l'aimaient peut-être pas.

— Vous avez commandé le papier avec pirates en velours pour ma chambre ? a demandé Kevin.

— Nous nous y consacrons, chéri, a répondu maman. Et s'il n'y avait que des pirates et pas de velours ?

— Ah, non !

— Oh, regardez cette maison ! s'est exclamée maman en montrant une baraque énorme, sur le trottoir d'en face. Vous avez vu les corniches qui encadrent la véranda ? Elles sont magnifiques, non ?

Pfff ! C'est fou la façon qu'ont les parents de s'intéresser à des choses idiotes comme des corniches alors qu'ils mènent leurs enfants vers l'enfer.

L'école était vraiment tout à côté de la nouvelle maison. Un peu trop près même. Trop près pour que mon cœur ait le temps de se calmer. À seulement deux rues de distance… et même pas encombrées, les rues. Pas la peine d'attendre qu'une dame vous aide à traverser. Et les chances d'être écrasé en faisant du skate sans casque et d'avoir sa cervelle éparpillée dans les haies étaient nulles. Parce qu'il n'y avait pas une voiture. Et puis, l'école n'était pas terrible. Enfin, sauf si on aime les vieux immeubles. Comme ma mère.

Mais pour ceux qui, comme moi, allaient devoir la fréquenter, elle était drôlement moche.

Surtout quand on était habitué à ce que la cantine ne serve pas aussi de gymnase et de salle de spectacle… parce que, c'était comme ça. Les tables de la cantine étaient repoussées contre les murs pour faire de la place quand les élèves voulaient jouer au basket et, plus tard, on y installait des chaises pliantes quand c'était l'heure de regarder une pièce de théâtre (au-dessus de la scène, il y avait un des paniers de basket).

Et puis, l'école était noire, comme notre future maison, vu qu'elle avait été construite à la même époque. Et enfin, il y avait aussi une odeur bizarre.

Bon, d'accord, Mme Jenkins, la directrice, était très gentille. Elle a affirmé qu'ils allaient faire leur maximum pour me trouver une place dans un des deux C.M.1. N'empêche, je n'ai pas aimé son bureau ; il y avait un garçon roux qui était là parce qu'il avait dû faire des bêtises. Je ne sais pas lesquelles, mais il avait l'air effrayé.

Sûrement parce que Mme Jenkins, elle tue les élèves qui sont envoyés dans son bureau. Pas comme la directrice de mon école à moi, Mme Grant, qui demande si tout va bien à la maison avant de vous offrir un bout de réglisse et de vous renvoyer en cours. (Ce qui est pas terrible non plus car j'ai une règle qui est : *La réglisse, c'est dégoûtant*. Sauf que c'est quand même moins grave que d'être tué.)

J'ai dû rester un moment avec Mme Jenkins, parce que ma mère a accompagné Kevin à la maternelle, et mon père a accompagné Mark au C.E.1. Alors, Mme Jenkins a proposé :

— Je me charge d'Allie, si vous voulez. Je vais la présenter à Mme Danielson et à Mme Hunter.

— Formidable ! ont répondu maman et papa.

— Ne me laissez pas tout seule avec elle ! ai-je crié.

Mais, comme d'habitude, mes parents ne m'ont pas écoutée. C'est toujours comme ça quand on est l'aînée. Les parents estiment que l'on peut se débrouiller sans eux. Ouais ! Sauf que quand tu vas chez ta nouvelle copine sans les prévenir, tu es privée de dessert.

Bref, j'ai été obligée de faire la conversation à Mme Jenkins pendant qu'on montait d'interminables escaliers (alors, que dans mon école à moi, on a des rampes, ce qui est drôlement mieux !). En plus, je n'entendais rien de ce qu'elle racontait, parce que ses genoux craquaient, comme si elle avait des sachets de chips dans sa culotte. Quand on est arrivé devant la classe du premier C.M.1, elle a dit :

— Voici la salle 208, celle de Mme Danielson.

Elle a ouvert la porte, j'ai passé la tête. Et là, j'ai eu le choc de ma vie. On se serait cru dans la petite maison dans la prairie.

D'accord, il y avait des grandes fenêtres qui donnaient dans la cour de récréation (où étaient installées des balançoires, une araignée, une base de base-ball – ça, mon père ne me l'avait pas tout de suite signalé avec un clin d'œil en disant qu'on allait pouvoir jouer dessus tout le temps, lui et moi, même quand il n'y aurait pas école, parce qu'il n'y avait pas de grilles autour de la cour).

Et d'accord aussi, les garçons ne portaient pas de pantalons courts.

N'empêche, tout le monde était assis à des pupitres avec le dessus qui se soulève pour ranger les affaires. Parce que, ici, ils n'avaient même pas de casiers !

Mme Danielson, elle avait un chignon ! Et un tailleur gris pas très moderne.

Le pire, c'est qu'elle avait décoré sa classe avec des bulles de B.D., dans lesquelles elle avait écrit quelques pensées. Par exemple : *Ce sont les idées qui font les histoires* ; ou : *Les idées naissent à force de réflexion* ; et encore : *Après la réflexion vient le plan* ; et enfin : *Ce n'est que lorsque vos idées sont bien ordonnées que vous pouvez commencer à rédiger votre histoire !*

Des trucs pareils, c'est à vous dégoûter d'écrire des histoires. Des trucs pareils, ça me donne surtout envie de faire du skate dans la Grand-Rue. Sans casque.

Mme Danielson était en plein cours sur la photosynthèse. Dans mon école, on avait fait ça le mois d'avant ! Ils étaient carrément en retard, ici !

En plus, pour des gens qui apprenaient la photosynthèse pour la première fois de leur vie, j'ai trouvé que les élèves de la 208 avaient l'air de… s'ennuyer. Ce qui n'a pas de sens, parce que la photosynthèse (ou comment les plantes vertes et d'autres organismes se servent de la lumière du soleil pour fabriquer de la nourriture à partir du dioxyde de carbone et de l'eau), c'est drôlement intéressant et pas du tout ennuyeux. À moins qu'on vous l'enseigne de façon ennuyeuse.

Quand elle m'a vue avec Mme Jenkins sur le seuil, Mme Danielson a arrêté d'écrire au tableau et elle a lancé :

— Oui ?

— Bonjour, madame Danielson, a dit Mme Jenkins. Voici Allie Punchie. Il est possible qu'elle soit une de vos élèves d'ici quelques semaines.

— Eh bien, je ne sais pas où elle s'assiéra, a répondu Mme Danielson avec un petit rire (qui m'a fait penser à la sorcière que j'ai vue dans un film, une fois). Nous sommes déjà surchargés. Mais elle sera la bienvenue, naturellement.

Je n'ai pas beaucoup apprécié le coup du « je ne sais pas où elle s'assiéra ». J'ai examiné les visages de la classe. Mme Danielson me souhaitait la bienvenue, mais qu'en était-il de ses C.M.1 ? Je leur ai trouvé un air pas très gentil. Je les ai même trouvés carrément méchants... ce qui n'était pas très étonnant, avec toutes ces bulles accrochées aux murs.

C'est là que je me suis rendu compte qu'ils me regardaient tous ! Ils attendaient que je dise quelque chose !

Les battements de mon cœur se sont transformés en coups de canon.

Peut-être qu'ils pensaient que c'était moi qui n'étais pas très gentille. *La première impression est très importante.* C'est une règle. *On ne peut jamais faire une deuxième première impression.* Ça aussi, c'est une règle. Ils l'ont dit à la télé.

Sauf que je ne savais pas quoi dire, moi ! Bon sang ! Voilà que je tenais l'occasion de faire une bonne première impression et je la gâchais !

— Euh... merci.

Ha ! Bravo, Allie ! Je n'avais pas trouvé mieux que « merci » ! En plus, les élèves de la 208 ont continué à me dévisager, ce qui ne m'a pas aidée du tout à me calmer.

— Eh bien, a repris Mme Jenkins, nous allons vous laisser reprendre la leçon. Désolée de vous avoir interrompus.

— Je vous en prie, a répondu Mme Danielson en souriant.

Sauf que ses yeux sont restés froids. Heureusement, Mme Jenkins m'a entraînée dehors. J'étais drôlement soulagée.

La salle suivante, la 209, c'était celle de Mme Hunter, la maîtresse d'Erica. D'ailleurs, ça n'a pas loupé. Quand Mme Jenkins a ouvert la porte de la pièce (qui était pareille à celle de Mme Danielson, sauf que personne n'avait l'air de s'ennuyer) et qu'on a passé la tête, j'ai vu le visage d'Erica se tourner vers nous, au milieu de plein d'autres visages.

Quand elle m'a reconnue, elle a agité le bras en poussant des couinements joyeux.

— Salut, Allie ! a-t-elle chuchoté en souriant.

Moi, je ne savais pas trop comment me comporter. Je voulais faire une bonne première impression, mais je n'étais pas sûre d'avoir le droit d'agiter la main devant tout le monde. Et si Mme Hunter se fâchait ?

En même temps, je ne voulais pas qu'Erica croie que je ne l'aimais pas. Du coup, j'ai agité la main, mais un tout petit peu seulement, et j'ai souri à ma peut-être future meilleure amie tout en examinant Mme Hunter, qui était tout le contraire de Mme Danielson. Pour commencer, elle n'avait pas de chignon. Ses cheveux n'étaient pas longs, mais bien coupés. Elle ne portait pas un tailleur, mais une jupe courte. Avec des bottes qui montent jusqu'aux genoux, et des talons hauts ! Elle était belle et moderne.

Sa classe n'était pas décorée avec des bulles pleines de pensées qui disent que vous ne pouvez pas commencer une histoire si vous n'avez pas réfléchi, fait un plan et mis vos idées dans l'ordre. Elle était décorée de lunes, de nuages et d'étoiles. Sur les étoiles, il y avait des phrases écrites, du genre : *Visez les étoiles !* Et sur les nuages, des mots comme : *Tout nuage a une bordure d'argent !* Et sur les lunes : *J'aime penser que la lune est là, même si je ne la regarde pas – Albert Einstein.*

J'ai tout de suite deviné que ce serait beaucoup mieux d'être dans la 209 que dans la 208. Et que, s'il fallait absolument que je sois dans une autre classe que celle de Mme Myers, c'était dans celle-ci que je voulais être.

— Eh bien, a dit Mme Jenkins, je constate que quelqu'un ici a déjà fait connaissance avec notre invitée d'aujourd'hui.

Ça aussi, c'était une allusion. Mme Jenkins voulait parler d'Erica. J'ai rougi comme une tomate.

— Pour les autres, a continué la directrice, et pour vous, madame Hunter, je vous présente Allie. Elle est en C.M.1 et se joindra peut-être à vos troupes dans quelques semaines.

— Je suis très heureuse de faire ta connaissance, Allie, a dit Mme Hunter. (Quand elle a souri, elle est devenue encore plus jolie que Mme Myers, ce que je ne croyais pas possible.) Tu vas emménager dans le quartier ?

— Oui ! a crié Erica à ma place. Elle sera ma voisine !

Il ne manquait plus que ça ! Pourquoi je n'arrive jamais à faire une première impression normale ?

— Formidable ! a commenté Mme Hunter en souriant encore plus. Il nous tarde que tu sois avec nous, Allie.

Sauf que moi, je ne voulais pas que les gens s'imaginent des choses fausses. Surtout Mme Hunter, vu qu'elle était très gentille. Alors, j'ai dit :

— Ben… je ne sais pas trop.

— Tu n'es pas sûre de venir ici ? s'est étonnée la maîtresse.

— Je lui ai expliqué que les deux classes de C.M.1 étaient un peu surchargées, a toussoté Mme Jenkins. Nous n'avons pas encore décidé dans laquelle elle serait inscrite.

— Non, ce n'est pas ça.

Même si : *Ce n'est pas poli de reprendre les grandes personnes*. C'est une règle.

— Peut-être qu'on ne déménagera pas, finalement.

— Ah bon ? a murmuré Mme Hunter.

— Ce n'est pas ce que m'ont dit tes parents, Allie, a protesté la directrice.

— Je sais, mais on n'a pas encore vendu la vieille maison.

Et si tout se passait comme je l'avais prévu, entre le panneau *À VENDRE* que j'avais enlevé et mes sacs de géodes bien placés, on ne la vendrait sûrement jamais. Et on ne déménagerait pas. Sauf que ça, bien sûr, je ne l'ai pas dit tout fort.

— Je vois, a commenté Mme Hunter. Eh bien, j'espère vraiment que tu déménageras. Nous serons tous ravis de t'avoir parmi nous. Nous sommes en train de lire une histoire, là. C'est une petite chose que nous aimons faire juste avant la récréation. Je sais que les C.M.1 sont un peu vieux pour qu'on leur lise des histoires, mais ils ont l'air d'aimer ça. N'est-ce pas, vous autres ?

— Oui ! ont répondu les élèves.

C'est sûr, ils avaient l'air de mieux aimer l'histoire que ceux de Mme Danielson avaient l'air d'aimer la photosynthèse. Parce que personne ne semblait s'ennuyer, ici.

— Nous lisons *Un raccourci dans le temps*, a précisé Mme Hunter en montrant le volume qu'elle tenait. Un de mes livres préférés.

Je n'en revenais pas. Parce que, *Un raccourci dans le temps*, c'est un de mes livres préférés aussi !

À cet instant, la cloche a sonné (très fort, avec un bruit de l'ancien temps), puis une porte s'est ouverte, et des groupes d'élèves ont envahi le couloir.

— C'est l'heure de la récréation ! a annoncé Mme Hunter en se levant de sa chaise. Prenez vos manteaux et mettez-vous en rang !

Les C.M.1 du 209 ont repoussé leurs chaises et se sont rués pour prendre leurs habits suspendus à des crochets sur le mur opposé aux fenêtres. Puis ils se sont mis en rang devant la porte et ont attendu en rigolant que la maîtresse leur donne le droit de sortir. Alors, ils se sont précipités à l'extérieur, sauf Erica, qui est restée derrière.

— Est-ce qu'Allie peut venir avec nous ? a-t-elle demandé.

J'ai regardé Mme Jenkins. Elle a jeté un coup d'œil à sa montre et a hoché la tête.

— Allez-y, oui. J'avertirai tes parents, Allie.

— Viens ! a hurlé Erica en m'attrapant par la manche.

Je ne me suis pas embêtée à lui demander où on allait. Comme on avait bien joué ensemble la dernière fois, je savais qu'il y aurait de l'aventure. Même des cadavres coupés en morceaux, si ça se trouve !

Je ne me trompais pas. Erica et moi, on a dévalé les marches, on est sorties du bâtiment, on a traversé la cour et on s'est dirigées vers la base de base-ball où des élèves avaient déjà commencé à jouer au foot. D'abord, j'ai cru qu'on allait jouer avec eux.

Mais, à ma grande surprise, Erica m'a entraînée au-delà, vers des buissons qui poussaient le long du haut mur en brique qui sépare l'école des maisons voisines. Je me suis dit qu'elle allait s'arrêter. Eh bien non, pas du tout ! Elle s'est agenouillée et a rampé droit dedans !

— Hé ! ai-je dit. Qu'est-ce que tu fabriques ?

— T'inquiète et suis-moi, a-t-elle répondu en me regardant par-dessus son épaule.

L'autre fois, chez elle, Erica ne m'avait pas paru un peu folle. Sauf que c'était possible qu'elle le soit complètement. Qu'est-ce que j'en savais, moi ? Après tout, je ne connais pas tant de gens que ça. Ma mère dit toujours qu'Oncle Jay est fou. Mais juste parce qu'il dépense tous ses sous en chaînes stéréo au lieu de choses normales, comme de la nourriture.

J'ai contemplé les alentours. Les autres enfants couraient, jouaient au ballon ou sur les balançoires. Aucun d'eux ne rampait sous des arbustes. Qui étaient drôlement épais, d'ailleurs. Tellement épais que je n'ai plus vu Erica quand elle s'est glissée à l'intérieur. Qu'est-ce qui pouvait bien se passer, là-dedans ? Et si Erica était une meurtrière et qu'elle me guettait avec une hache pour me couper la tête ?

J'ai vu ça dans un film avec Oncle Jay, une fois. D'un autre côté, on s'était drôlement bien amusées, avec sa maison de poupées. Et elle ne m'avait pas coupé la tête, à ce moment-là.

— Tu viens, Allie ? a-t-elle crié.

J'ai décidé de tenter le coup. Il y avait quand même peu de chance pour qu'Erica soit une tueuse. Et s'il y avait quelque chose de vraiment génial, là-dessous ? Si je le ratais ? Alors, je me suis baissée, et j'ai rampé sous les buissons, comme elle.

Quand je suis ressortie de l'autre côté, j'ai été étonnée de découvrir un espace entre la haie et le mur, où on pouvait se tenir debout et se déplacer. En fait, les arbustes nous cachaient de la cour, et on avait une petite allée privée pour nous. Les feuilles dorées des arbres qui poussaient dans les jardins voisins formaient comme un beau toit au-dessus de nos têtes.

Sauf qu'Erica et moi, on n'était pas toutes seules. Deux autres filles m'observaient. Une nouvelle occasion de faire une bonne première impression. Mon cœur s'est remis à battre très fort.

— Salut ! a lancé une des filles, qui était grande et maigre.

— Salut ! a lancé l'autre, qui était petite et ronde.

— Allie, a dit Erica, je te présente mes copines, Caroline et Sophie. Elles sont aussi dans la classe de Mme Hunter.

Je les ai reconnues. Caroline, c'était la grande maigre. Sophie, la petite ronde.

— Salut ! ai-je répondu. Je m'appelle Allie Punchie.

— On sait, a répliqué Caroline. Erica nous a déjà tout raconté sur toi. Que tu aimes la danse classique, les chats et le base-ball.

Elle était très sérieuse. Ce n'était sûrement pas une rigolote.

— Oui, ai-je admis. Mais je vois que vous autres, ici, vous préférez le foot.

— Ça, a expliqué Sophie, c'est juste pendant la récré. Parce qu'il y a eu des problèmes avec des gens qui jettent leurs battes par terre. Alors, Mme Jenkins les a supprimées. Donc, maintenant, on joue au foot.

J'ai trouvé qu'elle était drôlement maligne, Mme Jenkins. Et que cette politique devrait être adoptée à mon école. À cause des jeteuses de batte, comme Brittany Hauser.

— Erica dit aussi que tu as beaucoup d'imagination, a repris Caroline. Alors, on a été d'accord pour qu'elle t'amène ici. Parce qu'on parle de cet endroit seulement aux gens qui ont beaucoup d'imagination. Sinon, ils ne se rendent pas compte de la magie du lieu.

J'ai regardé autour de moi.

— Moi, je la vois très bien, cette magie, ai-je répondu, admirative. J'aimerais bien qu'on ait un endroit pareil dans mon école. Vous faites quoi, ici ? C'est une forteresse ?

— Plutôt un château, a braillé Erica (pour montrer qu'elle était contente).

C'est vrai que, avec toutes ces briques, on se serait crues dans un château.

— Vous jouez aux princesses, alors ?

— Aux reines, m'a corrigée Sophie en reniflant. Les princesses, elles n'ont pas assez de pouvoir.

— C'est vrai, a confirmé Caroline (elle était moins sérieuse, maintenant). On est des reines. Toi aussi, tu peux en être une, si tu veux. Normalement, on invente qu'un méchant guerrier veut épouser Sophie, parce que c'est la plus belle.

J'ai dévisagé Sophie, qui a eu un sourire gêné. Mais avec ses boucles brunes et ses lèvres roses, c'est vrai qu'elle était super belle.

— D'accord, ai-je dit.

— Sauf qu'elle ne veut pas de lui, parce qu'elle a déjà donné son cœur à un autre, a continué d'expliquer Caroline. Alors, on s'est barricadées dans notre château car le vilain guerrier nous attaque, et on se prépare à la bagarre.

— Ouais ! a crié joyeusement Erica. On va verser de l'huile bouillante sur son armée !

Mon cœur battait normalement, à présent. J'étais heureuse d'avoir trouvé des filles qui jouaient à un jeu aussi super pendant la récré. À mon école, le nouveau jeu qu'avait inventé Brittany Hauser, c'était les pom-pom girls. Vous savez, les filles qui encouragent les équipes pendant les matches avec des acrobaties et des pompons ? Brittany nous apprenait les cris que sa grande sœur lui avait appris. Pas tellement marrant, je trouve.

Là, on a joué aux reines jusqu'à ce que la cloche sonne. On n'a même pas eu le temps de lancer les têtes de nos ennemis, tranchées avec nos épées, avec la catapulte.

— Flûte ! a râlé Erica. Il faut qu'on rentre. Dommage, on se marrait bien. Tu restes déjeuner, Allie ?

— Non, je crois que je dois partir.

J'apercevais mes parents et mes frères près de la porte de l'école. Ils me cherchaient des yeux.

— J'espère que tu seras dans notre classe, a dit Caroline.

— Ouais, a ajouté Sophie. Pourvu que tu ne sois pas avec Mme Danielson. Ça serait nul.

— Pour ça, oui ! me suis-je écriée en pensant aux bulles de B.D. sur les murs.

J'étais presque un peu gênée de commencer à trouver sympa l'idée de venir dans cette école. Parce que ce n'était pas possible. Vu que je ne voulais pas déménager. À cause de la main de zombie. À cause de mon horreur de chambre horrible et toute noire.

— En tout cas, j'ai été contente de vous rencontrer, les filles, ai-je dit au moment où maman et papa me repéraient et agitaient les bras.

Je ne pouvais pas les rater, vu qu'ils étaient les seules grandes personnes dans le coin, avec les maîtresses !

— Il faut que j'y aille !

— Au revoir, Allie ! a lancé Sophie en s'éloignant.

— Ouais, à plus, Allie ! a crié Caroline.

— Salut, Allie ! a hurlé Erica en les suivant. On se voit dans notre rue !

J'ai rejoint mes parents. C'était bizarre, parce que je n'en avais pas envie.

— Eh bien, a rigolé maman, je constate que tu t'es fait de nouvelles copines.

— Oui, elles sont dans la même classe qu'Erica, avec Mme Hunter.

— Et qu'as-tu pensé de Mme Hunter ? m'a demandé papa.

J'allais dire que Mme Hunter était la plus gentille et la plus jolie maîtresse du monde, encore plus belle que Mme Myers, même. Heureusement, Mark m'a interrompue.

— Mon maître à moi, il est génial ! a-t-il braillé. Il s'appelle M. Manx et il a un terrarium dans la classe, avec sept tritons dedans. Il y en avait huit au départ, mais il y en a un qui a été dévoré par les autres. Il m'a laissé les nourrir. Les tritons, ça mange tout ce qui entre dans leur bouche. Je leur ai donné un grillon et…

— Ah ! j'ai crié. C'est dégoûtant ! Le pauvre grillon !

En vérité, j'étais contente de ne plus penser à cette nouvelle école qui me plaisait tant.

— Tu parles ! a objecté Mark. C'est la nature. Les tritons mangent le grillon, puis ils le rejettent en faisant caca, et le caca fertilise le sol, et…

— Et toi, Kevin, s'est empressée de demander maman. Qu'as-tu pensé de ta classe ?

— Rien, il a répondu. Cette école, elle n'est pas très kitsch.

— Toi, tu n'aimes que les choses kitsch, a fait remarquer Mark avec mépris.

— Elle n'est pas aussi récente que la vôtre, mais c'est une très bonne école, a assuré papa.

— Elle sent bizarre, s'est plaint Kevin. Et elle est vieille.

Juste au moment où il disait ça, la future maison est apparue, toute menaçante avec ses fenêtres sombres, ses arbres affreux et leurs branches noires dressées dans le ciel. Alors, j'ai compris qu'il avait raison. Il avait beau n'avoir que cinq ans, il venait de me rappeler quelque chose d'important : ce n'est pas parce que j'aimais bien Mme Hunter, Erica et ses amies que j'avais envie de déménager. Je ne pouvais pas déménager. Je n'étais pas d'accord pour abandonner mes anciennes copines, mon ancienne école et mon ancienne maison. Pas pour m'installer dans une maison qui tombait en ruine, à tel point qu'ils n'en auraient pas voulu dans l'émission *Venez restaurer ma maison, s'il vous plaît*. Et qui était hantée par-dessus le marché.

— On n'aura pas une aussi bonne éducation dans cette école.

— Voyons, Allie ! a protesté maman. Cesse tes bêtises ! Qu'en sais-tu d'abord ?

J'en sais qu'il y a une main de zombie dans le grenier, ai-je eu envie de répondre.

J'ai pensé que je devais oublier Mme Hunter et *Visez les étoiles !* et le château secret, notre jeu des reines, et Erica, Caroline et Sophie. Il fallait que j'endurcisse mon cœur, parce que l'important, c'était de ne pas déménager. C'était une question de vie ou de mort.

— Je déteste l'école des Pins, ai-je dit. Je la déteste plus que tout.

— Allie ! s'est exclamée maman, choquée. Nous avons rencontré Mme Hunter, et elle nous a semblé adorable. La directrice va faire tout son possible pour que tu sois dans sa classe.

— Ah bon ? ai-je crié.

Mais comme j'avais peur d'avoir donné l'impression d'être contente, j'ai tout de suite ajouté :

— Je… je m'en fiche, de toute façon.

— Et il m'a semblé que tu t'entendais bien avec ces filles, à la récréation, a renchéri papa.

— Ouais, elles ne sont pas trop mal.

— Et le chaton ? a ajouté maman. Tu ne veux plus de chaton ?

C'était bien le problème. Évidemment, que je voulais encore un chaton. Plus que tout le reste, même. Chaque fois qu'on prononçait le mot « chaton », j'avais le cœur qui battait fort. Sauf que… est-ce qu'un chaton méritait que je coure le risque d'être zigouillée par une main de zombie ? Non. Non, non, non et re-non !

Je ne pouvais pas laisser des maîtresses belles et gentilles et des copines sympas me distraire de ma mission : j'avais une guerre à gagner.

La guerre du déménagement.

Règle n° 8

Ne jamais enfermer son chat dans une valise

Le jour des portes ouvertes, maman et papa nous ont déposés, nous trois les enfants, chez différents voisins. Ils ont même emmené Marvin chez Oncle Jay, dans son appartement du campus. Ils ne voulaient pas qu'il aboie après les curieux qui allaient entrer et sortir ou qu'il salisse les moquettes toutes propres avec ses pattes sales.

Moi, ils m'ont envoyée chez Brittany Hauser. Même si Brittany ne peut pas être une meilleure copine parce que c'est une jeteuse de batte, c'est sympa de jouer avec elle, parfois. Parce qu'elle a deux grandes sœurs. Du coup, elle a toutes les Barbie et les poupées à la mode du monde (avec les accessoires).

En plus, chez les Hauser, il y a des tas de choses que je n'ai pas le droit de manger chez moi, comme du Coca (pas light) et des biscuits maison. Mme Hauser ne travaille pas, alors elle a le temps de préparer des gâteaux délicieux.

Mais le plus extraordinaire, c'était la nouvelle chatte de la mère de Brittany. Sa chatte de concours pure race homologuée, notée par des jurys dans des compétitions. Pas des championnats minables comme la fête du comté. Non, des concours à l'échelle du pays, comme ceux qu'ils montrent à la télé.

Mme Hauser, c'est une dame qui met des talons hauts pour aller chercher sa fille à l'école, alors que toutes les autres mères sont en tennis. Elle avait très envie d'un chat de concours. Alors, pour leurs quinze ans de mariage, M. Hauser lui en a acheté un. Ou plutôt une. Mme Hauser, elle était sacrément fière. Et quand elle a appris que j'aurais peut-être un chaton – j'avais fait mon exposé en classe dessus dès que j'avais su que mes parents étaient d'accord pour que j'en aie un (sauf que c'était avant que je découvre la main de zombie dans le grenier), et Brittany avait tout raconté à sa mère –, elle a dit à sa fille de m'inviter pour que je fasse la connaissance de sa chatte de race homologuée. C'est une persane à poil long, grise avec des taches plus foncées sur les oreilles, la tête et les pattes.

Elle s'appelle Lady Serena Archibald.

Même si je savais que je n'aurais jamais de chaton (surtout pas après ce qui allait arriver pendant la visite des curieux des portes ouvertes), j'étais super contente de voir Lady Serena Archibald. Ce n'est pas tous les jours qu'on rencontre une chatte de concours pure race homologuée. Quand maman et papa m'avaient parlé d'un chaton, j'avais lu tous les livres sur le chat que j'avais trouvés à la bibliothèque de l'école. Donc, j'étais hyperfortiche sur les persans. Par exemple, je savais que c'est une des races les plus anciennes des chats domestiques à poil long.

Autant dire que j'étais impatiente d'arriver chez Brittany.

Et puis, j'étais assez contente de ne pas passer la journée avec mes frères et mes parents. Ça allait me faire du bien de m'éloigner de mes soucis de déménagement et de grenier. Et d'avoir quelqu'un de mon âge à qui parler en dehors de l'école. Ça me changerait.

Enfin, c'est ce que je croyais. Jusqu'à ce que maman et papa me déposent chez Brittany. Parce que, dès que j'ai franchi la porte, j'ai tout de suite compris que passer du temps avec Brittany n'allait pas être rigolo. Car cette invitation était un coup monté. De la part de Brittany, du moins. Ça faisait partie de son « plan génial » pour que Mary Kay et moi, on soit de nouveau amies.

— Surprise ! a braillé Brittany. J'ai invité Mary Kay aussi ! Maintenant, les filles, vous allez devoir vous parler, bien obligé ! Parce que ce n'est pas possible d'être dans la même maison sans se causer.

— Tu paries ? a grogné Mary Kay en m'adressant un regard noir.

Il était clair que Brittany ne l'avait pas prévenue non plus de la touchante réunion qu'elle avait mise au point. Il était clair aussi, vu l'expression furieuse de Mary Kay, qu'elle n'avait pas l'intention de ne plus être en colère après moi.

— Allez, les filles, a dit Brittany en nous prenant par la main. Vous avez été copines trop longtemps pour qu'un imbécile comme Scott Stamphley casse ça. Allie va quitter l'école dans quelques semaines, Mary Kay. Tu comptes vraiment lui faire la tête tout ce temps ?

— Oui, c'est vrai, Mary Kay ! a renchéri Courtney Wilcox.

Parce qu'elle aussi, elle avait été invitée. Même si je ne vois pas très bien en quoi elle était concernée.

Allie ne l'a pas fait exprès, a-t-elle ajouté. Hein, Allie ?

J'ai soupiré. Déjà, je voyais s'évaporer mes plans pour jouer avec Lady Serena Archibald et la collection de Barbie et de poupées qu'elle a (au passage, elles ont encore toutes leurs chaussures et tous leurs pieds !).

J'ai failli demander si je pouvais utiliser le téléphone pour appeler ma mère et qu'elle vienne me chercher. Sauf que deux choses m'ont retenue. Un, je ne voulais pas être chez moi quand ma collection de pierres ferait ce qu'elle devait faire aux curieux des portes ouvertes. Deux, Brittany se tenait tout près d'une statue de chat en céramique grandeur nature. En plus d'avoir une chatte de concours pure race homologuée, Mme Hauser collectionne les statues de chats en céramique. Bref, j'avais peur que, si je partais et que je fichais en l'air son plan génial pour nous réconcilier, Mary Kay et moi, elle me jette les chats en céramique à la figure. Alors, j'ai dit :

— Non, bien sûr que non, que je ne l'ai pas fait exprès.

Mary Kay avait les yeux fixés sur le plancher, furieuse. Ses oreilles étaient toutes rouges, un signe sûr et certain qu'elle allait se mettre à pleurer. Pas parce qu'elle était triste. Parce qu'elle était en colère.

— Allie avait promis ! a-t-elle dit (au parquet). Elle avait promis qu'elle ne dirait à personne qu'elle déménageait, parce que c'était mon anniversaire, et que je lui avais demandé de se taire. Et qu'est-ce qu'elle a fait ? Elle a tout raconté. À Scott Stamphley, en plus ! Alors qu'elle avait juré !

— Je sais bien que j'avais juré, ai-je répliqué.

J'étais super mal. D'ailleurs, j'étais super mal de ne pas avoir respecté ma promesse – et bien d'autres choses encore – depuis des semaines.

— Mais j'ai oublié, ai-je continué. C'était temporaire. Tu vas vraiment m'en vouloir jusqu'à la fin de mes jours pour un oubli temporaire d'une minute ? Après tout, toi aussi t'as des oublis temporaires.

— Comme quoi ? a riposté Mary Kay en me toisant.

Pour être honnête, je ne me rappelais pas exactement un truc particulier que Mary Kay avait temporairement oublié. N'empêche, j'étais presque sûre que c'était arrivé. Sauf que je n'ai pensé à rien de précis, sur le moment.

— Je ne sais pas moi…

— Tout ça, c'est nul, a reniflé Mary Kay. Je refuse de rester ici. Je veux rentrer chez moi. J'appelle ma mère.

Et là, elle a pris la direction de la cuisine, où il y avait le téléphone. Sauf que Brittany a été plus rapide. Elle lui a barré la route. J'ai vu sa main s'approcher de la statue du chat. Mary Kay aussi l'a vue. Elle s'est arrêtée tout de suite. Tout le monde connaît la réputation de jeteuse de batte de Brittany. Tout le monde.

— Personne ne rentre chez lui, a grondé Brittanny. On reste ici. J'ai prévu plein de jeux chouettes et un mégagoûter. Alors, on va jouer, on va manger et on va bien s'amuser. Pigé ?

Mary Kay avait l'air d'avoir la frousse. Je la comprends. Moi aussi, j'avais la frousse. Mais, pour une fois, elle n'a pas pleuré. À la place, elle a dit :

— D'accord.

Elle avait une drôle de voix. Je ne l'avais jamais entendue parler comme ça, pourtant c'était bien elle. Soudain, Courtney a lancé :

— Oh ! Voilà Lady Serena Archibald.

— Il ne faut pas qu'elle vienne près de moi ! a aussitôt piaillé Mary Kay. Vous savez que je suis allergique !

C'est là que j'ai trouvé ce qu'il y avait de bizarre dans sa voix : elle ressemblait exactement à celle de Courtney. Et celle de Courtney ressemble exactement à celle de Brittany. Parce que Courtney essaie toujours d'imiter Brittany.

Donc, Mary Kay essayait aussi d'imiter Brittany. C'était vraiment étrange. Mais bon, je n'y ai pas trop pensé, parce que j'étais trop heureuse de voir Lady Serena Archibald, une vraie chatte de concours pure race homologuée.

Et, croyez-moi, ça valait la peine. Lady Serena Archibald était superbe. Elle avait de longs poils gris doux comme de la soie et de grands yeux bleus. Quand je l'ai caressée, elle a tourné ses grands yeux bleus vers moi, elle a ouvert sa toute petite bouche, et elle a fait : « Miaou ? ». J'avais jamais entendu un miaou aussi mignon.

Mme Hauser est arrivée juste après ; ses hauts talons cliquaient sur le marbre de l'entrée.

— Ah ! elle s'est exclamée en souriant. Je suis ravie que tu sois ici, Allie. Enfin, tu rencontres Lady Serena. Qu'en penses-tu ? Elle ne te donne pas envie d'avoir un persan, maintenant ?

Ensuite, elle m'a raconté comment on s'occupait des persans pure race – il faut les brosser tous les jours, parce que leur poil est si long qu'ils ne peuvent pas se nettoyer avec leur langue, à la différence des autres chats. Elle a aussi précisé que Lady Serena Archibald ne sortait jamais, et qu'il ne fallait surtout pas qu'elle s'échappe de la maison. Tout ça, je le savais, grâce aux livres que j'avais lus.

Mais j'ai fait comme si je ne savais pas – et comme si j'avais encore une chance d'avoir un chaton (alors que, après ce qui allait se passer aujourd'hui, c'était complètement fichu) – et j'ai écouté sans rien dire, parce que : *Il faut écouter poliment quand une grande personne raconte quelque chose même si on le sait déjà.* Surtout quand elle y met autant d'enthousiasme que Mme Hauser à propos de sa chatte.

C'est une règle.

Après toutes ces recommandations, Mme Hauser devait emmener la sœur aînée de Brittany, Bethany, à sa répétition de fanfare. Elle nous a demandé de ne pas embêter l'autre sœur aînée de Brittany, Becca, qui était dans le garage avec ses copines (elles peignaient des affiches pour la vente de gâteaux de leur école). Après elle est partie.

— Ouf ! a marmonné Brittany. J'ai cru qu'elle n'allait jamais s'en aller.

Courtney a ricané. Mary Kay aussi. Mais moi, franchement, j'avais trouvé Mme Hauser intéressante. Même si je connaissais déjà presque tout. Grâce aux livres que j'avais lus. Et aussi parce que je veux être vétérinaire quand je serai grande.

— Bon, a déclaré Brittany, maintenant qu'on a la paix, on monte dans ma chambre. Y a du boulot.

Ça, c'est un mot qui ne m'a pas beaucoup plu.

— Quel genre de boulot ? ai-je demandé.

J'espérais bien que ce serait un boulot avec des poupées. Ou au moins des Barbie.

— Le boulot de vous réconcilier, toi et Mary Kay, a répliqué Brittany. Alors, laisse ce chat et viens !

J'ai lâché Lady Serena Archibald (alors que je n'en avais même pas envie) et j'ai suivi Brittany à l'étage. Là, on n'a pas eu le choix. Parce que Brittany n'a pas dit :

— Alors, les filles, vous voulez jouer à un jeu ? Aux reines ?

Elle n'a pas dit non plus :

— Vous voulez jouer avec les Barbie de mes sœurs ?

Et même pas non plus :

— J'ai une idée ! Et si on jouait aux lions ?

Non, elle a dit :

— On va jouer à pop star. C'est moi la juge.

Elle n'a même pas expliqué comment on jouait à pop star, alors que j'en avais jamais entendu parler. Chez moi, on n'a pas le droit de regarder la télé-réalité ni les variétés. Ma mère dit que ça abîme le cerveau. À la place, elle nous force à regarder des trucs sérieux. Pourtant, je lui ai répété cent fois que ça me mettait dans des situations délicates par rapport aux filles de ma classe. Parce que je ne peux jamais participer aux conversations, à la récré.

— La meilleure gagne un biscuit, a continué Brittany. Voilà le micro. Courtney, c'est toi qui commences.

Courtney a pris le micro qui traînait sur le lit à baldaquin plein de froufrous roses de Brittany. Puis elle a allumé une machine à karaoké miniature qui était au milieu de la chambre pleine de froufrous roses (elle était encore plus froufrouteuse et plus rose que la mienne !), et elle s'est mise à chanter sur le disque.

Quand elle a terminé, Mary Kay a applaudi.

— Oh, Courtney ! s'est-elle écriée. C'était super bien !

Moi, j'ai dit :

— Hum… ouais.

Sauf que, la vérité, c'est que je n'avais pas aimé la danse que Courtney avait dansée en chantant. Je l'avais trouvée ennuyeuse. Il n'y avait pas de sauts. D'ailleurs, la chanson aussi avait été ennuyeuse. Juste les mêmes mots encore et encore. Comme : « *Baby, baby* ».

Franchement, j'aurais préféré être derrière les buissons de l'école, à jouer aux reines avec Erica, Caroline et Sophie. C'était plus marrant. Bien sûr, je ne l'ai pas dit tout fort. Sinon, ça aurait été malpoli. C'est une règle : *Dire tout haut ce que l'on pense tout bas, ce n'est pas poli.*

— O.K., à ton tour, Mary Kay, a décidé Brittany.

Elle était vautrée sur ses oreillers, au milieu de son lit. Pour faire encore mieux la juge.

— Oh non ! a protesté Mary Kay, choquée. Je ne serai jamais aussi bonne que Courtney.

— Qu'est-ce que tu racontes ? ai-je lâché. Tu passes ton temps à chanter devant le miroir de ta salle de bains !

Elle m'a jeté un de ces sales regards !

— Ben quoi, me suis-je défendue, c'est vrai ! En plus, tu danses.

Comment étais-je censée savoir que c'était un secret, moi ? Mary Kay n'avait jamais rien dit de tel. Maintenant, vous comprenez pourquoi j'ai besoin de règles. D'abord moi je dis : l'amitié, c'est trop compliqué.

Mary Kay s'est levée du pouf blanc sur lequel elle était assise et a pris le micro à Courtney. Elle a allumé le C.D. et chanté la même chanson que Courtney. Et elle a dansé à peu près la même danse trop lente. Sauf que la sienne était encore plus barbante que celle de Courtney. La différence, c'est que Mary Kay s'était drôlement entraînée devant le grand miroir de sa salle de bains, parce qu'elle a ajouté des jeux de hanches.

Quand elle a fini, on a toutes applaudi. Même moi, alors que je m'étais vraiment ennuyée. À ce stade, j'aurais été d'accord pour jouer aux lions. J'aurais même accepté d'être le garçon lion. Je me serais brûlé les genoux sur la moquette avec joie, j'aurais tué une antilope et je l'aurais rapportée à la maison pour que la lionne et les lionceaux la mangent. Vous imaginez à quel point je m'ennuyais.

— Bon, à toi, Allie, a commandé Brittany ensuite.

Là, j'étais dans le pétrin. Je ne connaissais pas la chanson. Bon, d'accord, j'avais bien vu que les paroles défilaient sur l'écran du karaoké. N'empêche. Et je ne connaissais pas la danse non plus. Sûr et certain, je n'allais pas gagner.

Ce qui m'embêtait, parce que je commençais à avoir faim. Et que j'aurais bien aimé goûter un des délicieux gâteaux maison de Mme Hauser. Finalement, ce n'était pas juste de la part de Brittany de donner les gâteaux comme récompense. Tout le monde devrait avoir un gâteau, même ceux qui chantent mal. C'est la politesse, quand on a des invités.

Quand Mme Hauser reviendrait d'avoir déposé Bethany, elle nous préparerait peut-être à déjeuner. Après tout : *On n'a pas le droit de laisser mourir de faim ses invités*. C'est une règle.

Je crois. Enfin, je suis presque sûre.

— Dépêche un peu, a insisté Brittany. On n'a pas toute la journée devant nous.

J'étais un peu nerveuse. Ça m'a étonnée, vu que Brittany, Courtney et Mary Kay étaient mes amies. Mis à part Mary Kay bien sûr.

Qui était mon ancienne amie. Mon ancienne meilleure amie.

N'empêche, je n'aurais pas dû être nerveuse de chanter devant elle. D'accord, je ne suis pas la meilleure chanteuse de l'univers, mais je ne suis pas la pire non plus.

C'est juste que… je n'avais pas envie d'avoir l'air idiote, tout à coup. Ce n'était même plus le gâteau. Simplement, je ne voulais pas qu'elles se moquent de moi.

— Allie ! a braillé Brittany.

Comprenant que je n'avais pas le choix, j'ai allumé l'appareil. Les mots ont résonné. Qu'est-ce que ça allait vite ! Je n'avais même pas eu le temps de m'échauffer, et voilà qu'il fallait que je commence !

— Plus fort ! a hurlé Brittany.

J'ai essayé de chanter plus fort.

— Danse ! m'a enguirlandée Brittany.

Le problème, c'est que je n'arrivais pas à lire le texte de la chanson en dansant. Si je bougeais, je ne voyais plus les mots. Puis je me suis rendu compte qu'ils n'étaient pas si difficiles que ça. C'était toujours les mêmes – « *Baby, baby* » –, encore et encore. D'ailleurs, j'avais entendu la chanson deux fois déjà. Donc, je connaissais plus ou moins les paroles.

Et là, j'ai eu une idée : présenter une danse différente de celle de Courtney et de Mary Kay. De faire de la danse classique. Pour que ce soit plus intéressant. Alors, j'ai commencé des pliés, des relevés et tout ça.

— Mais qu'est-ce que tu fabriques ? a rouspété Brittany.

Courtney et Mary Kay rigolaient. Sauf que je m'en moquais. Je m'amusais. La danse classique allait plutôt bien sur cette musique. Même s'il manquait quelque chose. Des sauts. Alors, je me suis lancée dans des grands jetés. Ce n'était pas évident sans perdre le micro – et en chantant ! – mais j'ai réussi. J'ai traversé toute la pièce en faisant des grands jetés. Drôlement réussis, d'ailleurs. Si Madame Linda avait été là, je suis sûre qu'elle m'aurait laissée porter la tiare après.

— Arrête ! s'est égosillée Brittany. Ce n'est pas dans la chanson !

Trop tard ! La chanson était finie, mes grands jetés aussi. J'ai salué, avec une courbette comme au ballet, qu'on appelle la révérence. Courtney et Mary Kay ont applaudi.

— Pas d'applaudissements ! a aussitôt ordonné Brittany.

Les filles ont pris un air coupable.

— Qu'est-ce que c'était que ça ? m'a demandé Brittany, sacrément mauvaise.

— De la danse classique, ai-je expliqué.

— En tout cas, ne compte pas avoir un gâteau, ma vieille. C'est Mary Kay qui a gagné.

— Oh, merci ! s'est exclamée Mary Kay.

— Va en chercher un dans la cuisine. Ils sont dans une assiette, sur le comptoir.

— D'accord.

Mary Kay s'est levée du lit et a quitté la pièce.

— Et maintenant, a repris Brittany, comment on va se débrouiller pour qu'elle te reparle, Allie ?

Moi, j'étais en colère, même si j'ai fait attention de pas trop le montrer, des fois que Brittany cache une batte de base-ball sous ses oreillers.

— Ben… elle a aimé ma danse, ai-je dit. Elle riait.

— Elle se moquait de toi, plutôt. Non, il faut qu'on trouve quelque chose d'autre. Quelque chose de mieux que pop star.

— Et si on déjeunait ? ai-je proposé.

— Ce n'est pas l'heure.

— Oui, mais quand ce sera l'heure. On pourrait préparer à manger toutes les quatre. Des croque-monsieur, par exemple.

— Bonne idée.

J'ai été fière que Brittany approuve ce que je disais. Pour une fois.

— Mais pas des croque-monsieur. Des mini-pizzas.

Là, j'étais pas trop pour. Parce que les pizzas, c'était ne pas respecter une de mes règles. Qui est : *Ne jamais rien manger de rouge.*

— D'accord, ai-je marmonné. Du moment qu'on ne met pas de sauce tomate dessus.

— C'est quoi ces âneries ? Bien sûr, qu'on va en mettre. C'est comme ça, les pizzas.

— Il y a un truc qui s'appelle la pizza blanche, et…

— La pizza, c'est avec de la sauce tomate ! a-t-elle hurlé.

— Pas la peine de crier. Je suis juste à côté, je t'entends très bien.

— Bien obligée de crier, vu que PERSONNE ne m'écoute. Je te repose la question, Allie. Qu'est-ce qu'on fait pour que toi et Mary Kay soyez de nouveau copines ? Et trouve-moi autre chose que ces pizzas sans sauce tomate !

J'ai réfléchi.

— On pourrait jouer aux reines ?

— Qu'est-ce que c'est encore que ça ?

— Un jeu très marrant. On dirait que ta chambre, c'est un château, et il y aurait un méchant guerrier qui serait amoureux d'une de nous. Il enverrait ses troupes pour attaquer, et nous, on protégerait le château en leur versant de l'huile bouillante sur la tête.

— Qui je suis, moi ? a demandé Courtney.

— Ben, la reine amoureuse ou une autre reine, comme tu veux.

Pas question que je joue à ce jeu des fausses reines ! a braillé Brittany.

— Coucou ! a lancé Mary Kay, à ce moment-là. Elle avait un gâteau à la main. Le gâteau qui avait l'air le meilleur du monde.

— Oh ! Regardez qui m'a suivie !

Elle a baissé les yeux. Nous aussi. Et là, frottant sa grosse tête de persan contre la porte, il y avait Lady Serena Archibald.

— À cause d'elle, je pleure, s'est plainte Mary Kay. Ce sont mes allergies.

— Pfff ! ai-je dit.

Je suis allée caresser Lady Serena. Elle aimait bien ça, parce qu'elle a poussé sa tête dans ma main et elle a ronronné. Très fort.

— Ça y est ! a crié Brittany en sautant du lit. J'ai trouvé un jeu super chouette. Bien mieux que tes histoires de reines, Allie.

— Je sais ! a aussi crié Courtney en sautant aussi du lit. Si c'est bien le jeu auquel je pense.

— Oui, c'est ça. Ça s'appelle la femme d'affaires. C'est hilarant.

Courtney en riait déjà.

— La dernière fois, j'ai tellement rigolé que j'ai failli faire pipi dans ma culotte.

— Ce gâteau est drôlement bon, s'est vantée Mary Kay, la bouche pleine. Dommage que tout le monde ne puisse pas en avoir.

— Ouais, vraiment dommage, a acquiescé Brittany.

En fait, elle n'écoutait pas, parce qu'elle fourrageait dans son armoire. J'ai lancé un sale coup d'œil à Mary Kay tout en continuant à caresser Lady Serena. Cette hypocrite de Mary Kay m'a souri en mâchouillant son biscuit. Comme par hasard, elle avait oublié ses allergies. Franchement, je n'en reviens pas qu'on ait été meilleures copines.

— J'ai faim ! a marmonné Courtney en regardant Mary Kay qui s'empiffrait.

— La voilà ! a crié tout à coup Brittany.

Du fond de son placard, elle a tiré une grande valise en plastique. Le genre avec des roulettes qu'on tire dans les aéroports.

— C'est pour quoi faire ? ai-je demandé.

Chaque fois que j'arrêtais de caresser Lady Serena, elle me donnait un coup avec sa tête pour que je recommence. Elle était vraiment mignonne. De savoir que je n'en aurais jamais une pareille, ça m'a presque brisé le cœur. Sauf qu'il s'est passé quelque chose de bizarre. Quand Lady Serena Archibald a vu la valise, elle a cessé de frotter sa tête contre ma main et elle a filé vers le couloir.

— Fermez la porte ! a hurlé Brittany. Ne la laissez pas se sauver !

Mary Kay, qui était encore sur le seuil à se goinfrer, a claqué le battant juste au moment où Lady Serena Archibald y arrivait.

— Attrapez-la maintenant ! a braillé Brittany.

Mary Kay s'est baissée et a ramassé Lady Serena avec ses mains encore pleines de chocolat. (Elle avait complètement oublié ses allergies !) En tout cas, Lady Serena n'a pas aimé et a miaulé. Fort. Et moi non plus, je n'ai pas beaucoup aimé ça.

— Hé ! ai-je dit. Qu'est-ce que vous fabriquez ?

— On joue à la femme d'affaires, a répliqué Brittany. Maintenant, mettez Lady Serena dans la valise.

— Quoi ? ai-je crié.

Je n'en croyais pas mes oreilles !

— Vas-y, a ordonné Brittany à Mary Kay, qui hésitait. Lady Serena adore ça.

Mais, à la façon dont la persane arquait le dos et essayait de planter ses griffes et ses dents dans les bras de Mary Kay, il était clair qu'elle n'adorait pas ça. Elle n'adorait pas ça du tout, même.

— Je crois que ce n'est pas une très bonne idée, ai-je murmuré, un peu mal à l'aise.

— Si, tu vas voir, a riposté Brittany, c'est super drôle. Courtney et moi, on y joue tout le temps.

Sur ce, elle a claqué le couvercle de la valise, emprisonnant la chatte dedans.

— Elle ne peut même pas respirer là-dedans ! ai-je protesté.

— Bien sûr que si. Écoute !

On s'est tues pendant une minute. De l'intérieur, on a entendu un gémissement atroce. Lady Serena Archibald nous informait qu'elle n'était pas contente du tout.

— Tu vois ? a repris Brittany. Si elle ne respirait pas, elle ne ferait pas ce bruit, non ?

— Ce bruit, ça signifie que ça ne lui plaît pas. Laisse-la sortir. Sinon, ta mère va être furieuse.

Cette menace, c'était un peu en désespoir de cause, car Brittany faisait la sourde oreille.

— Pas si elle ne l'apprend pas, m'a-t-elle répondu en haussant les épaules. Et maintenant, allons-y. C'est moi la femme d'affaires, et j'ai un vol extrêmement important à prendre.

Elle a attrapé la poignée de la valise et l'a fait rouler dans la chambre. Les gémissements de Lady Serena sont devenus encore plus perçants. Courtney a commencé à rigoler.

— Qu'est-ce que c'est drôle ! a-t-elle crié. On dirait un bébé.

Oui. Un bébé sacrément malheureux.

— Je suis en retard, a déclaré Brittany comme si elle consultait sa montre. Je vais rater mon avion.

Elle a accéléré le pas. La chatte s'est mise à miauler. Pas des miaulements normaux. Des miaulements très, très forts. De plus en plus forts, à mesure que Brittany trimballait la valise dans tous les sens.

— Oh non ! a piaillé Mary Kay en s'écroulant de rire sur le lit. Vous avez entendu ces miaou ?

Brusquement, Brittany s'est arrêtée. Dans la valise, Lady Serena Archibald a glissé, et il y a eu un bruit sourd.

— Comment ça, mon vol a été annulé ? s'est exclamée Brittany, horrifiée.

Lady Serena a poussé un grognement grave.

— C'est un chat ou un ours que tu as là-dedans ? s'est exclamée Courtney.

Elle riait tellement qu'elle était hors d'haleine.

— Houps ! a fait Brittany en soulevant la valise et en la balançant. C'est l'heure du manège !

À l'intérieur, Lady Serena Archibald a glissé d'un côté à l'autre en se cognant sur les bords.

— Non ! ai-je hurlé.

Et, sans réfléchir, j'ai arraché la valise des mains de Brittany.

— Allie ! a-t-elle protesté. Qu'est-ce que tu...

Mais j'avais déjà posé le bagage par terre et j'étais en train d'ouvrir les serrures.

— Ne fais pas ça !

Trop tard ! J'ai soulevé le couvercle, et Lady Serena Archibald a sauté dehors à toute vitesse, le poil dressé et ses yeux bleus pleins de folie.

— Attrapez-la ! a crié Brittany.

Courtney et Mary Kay ont plongé pour attraper le pauvre animal. Sauf que moi, j'étais bien décidée à ce qu'on ne maltraite plus la chatte de concours pure race homolguée de Mme Hauser. Je me suis approchée de la porte de la chambre.

— Tu n'as pas intérêt à ouvrir, Allie Punchie ! m'a menacée Brittany. Pas si tu tiens à ta peau.

J'ai ouvert. Lady Serena Archibald a décampé, comme un éclair gris aux yeux bleus qui roulaient comme des billes.

— Poursuivez-la ! a ordonné Brittany.

Je n'en croyais pas mes oreilles. Comment pouvait-elle être aussi méchante avec la chatte de sa mère ?

— Allez les filles, ai-je dit, jouons à autre chose. Aux Barbie, par exemple.

— Les Barbie, c'est pour les bébés, a lancé Brittany.

Elle a foncé, me bousculant au passage, et a dévalé les marches derrière la pauvre Lady Serena Archibald qui avait filé vers le rez-de-chaussée.

Je n'ai pas eu d'autre choix que de suivre mes amies. Je voulais m'assurer qu'elles ne réussissaient pas à emprisonner une nouvelle fois cette pauvre bête.

— Elle a fichu le camp au sous-sol ! a hurlé Brittany, quelque part dans l'énorme maison des Hauser.

— Non ! a répondu Courtney sur le même ton. Je crois l'avoir vue dans le salon !

— Non, la buanderie ! a crié Mary Kay à son tour.

Sauf qu'elles avaient tout faux. Parce que moi, j'ai trouvé Lady Serena Archibald, toute tremblante, à côté d'une porte, dans la cuisine. Elle me regardait avec ses grands yeux tristes. Elle me suppliait de lui ouvrir pour qu'elle puisse se sauver, c'était évident.

Alors, je l'ai fait… Juste au moment où Brittany arrivait.

— Allie, non !

Là encore, c'était trop tard. En entendant la voix de son ennemie jurée, Lady Serena s'est enfuie vers la liberté.

— Espèce de crétine ! a hurlé Brittany.

J'ai tranquillement refermé la porte. Soudain, je me fichais que Brittany soit tout près d'une des céramiques de sa mère. Qu'elle me la jette à la figure. Tant pis si on devait me faire des points de suture. Avec un peu de chance, j'arriverais peut-être à rentrer enfin chez moi.

— Tu sais, ai-je dit, maltraiter les animaux, c'est un délit grave. Drôlement grave, même. Tu peux aller en prison, pour ça. Et puis, Lady Serena sera mieux à la cave.

— Ce n'est pas la porte de la cave, espèce d'idiote ! C'est celle du garage, et ma sœur est en train d'y peindre des affiches. Et le garage est ouvert ! Tu viens de laisser Lady Serena Archibald sortir. Alors qu'elle n'est jamais allée dehors !

Règle n° 9

Quand on fait quelque chose de mal, il faut s'excuser (même si on n'est pas entièrement responsable)

On a passé le reste de l'après-midi à chercher Lady Serena Archibald dans le quartier. Malheureusement, on ne l'a trouvée nulle part.

Je me suis dit qu'elle était peut-être encore dans le garage. Ni Becca ni ses amies ne l'avaient vue sortir. Dans ce garage, il y avait des tas de chaussures de ski, des glacières et de vieilles maquettes de volcans (les exposés de science des sœurs aînées de Brittany) sur des étagères. Elle pouvait très bien s'être cachée derrière. Sauf qu'on a regardé dedans, autour et même sous ce bazar et qu'on n'a rien découvert.

Il n'y avait qu'une conclusion possible : elle avait disparu. Lady Serena Archibald, chatte de concours pure race homologuée errait dans la nature. Reviendrait-elle un jour ? À sa place, je ne serais pas revenue, vu la manière dont Brittany la traitait.

Bien sûr, quand Mme Hauser est rentrée de ses courses à l'heure du déjeuner (avec de la pizza pour les autres et des friands au fromage pour moi parce que ma mère l'avait avertie que je ne mangeais rien de rouge), on n'a pas pu lui avouer. La vraie raison pour laquelle j'avais laissé sortir son chat, s'entend. Alors, j'ai juste raconté que je m'étais trompée de porte. Que Lady Serena Archibald était assise devant et miaulait (ce n'était pas un mensonge), et que j'avais cru que c'était là qu'ils mettaient sa litière. Alors, j'avais ouvert sans vérifier.

Bref, j'ai dit à Mme Hauser que tout était ma faute. Sans oser la regarder en face. Et que j'étais vraiment désolée.

Elle a été drôlement gentille, Mme Hauser. Elle était très inquiète pour Lady Serena Archibald. Elle a même téléphoné à la police. (Mais je pense qu'ils lui ont ri au nez, parce qu'elle a raccroché très vite et qu'elle a dit : « Ils estiment peut-être que Lady Serena n'est qu'un chat, mais pour moi elle est comme un enfant ! ») Elle a aussi appelé la fourrière et l'association des voisins en leur demandant de garder l'œil ouvert et de l'avertir s'ils repéraient un persan gris qui traînait dans le coin.

Ensuite, on a toutes enfilé nos manteaux et on est sorties dans le jardin en appelant :

— Lady Serena Archibald ? Lady Serena Archibald !

Ou :

— Minou, minou, minou !

On a agité des paquets de ses croquettes préférées. On a tapé avec des cuillères sur les boîtes de ses conserves adorées.

Mais rien n'a marché. Lady Serena Archibald est restée introuvable. Les gens de la fourrière ont assuré qu'elle reviendrait quand elle en aurait envie, y compris quand Mme Hauser leur a expliqué que, comme elle n'était jamais sortie, Lady Serena ne savait sans doute même pas rentrer à la maison.

En tout cas, si Mme Hauser a été adorable avec moi alors que j'avais laissé sa chatte se sauver, ça n'a pas été la même histoire avec sa plus jeune fille. Dès qu'elle en avait l'occasion, Brittany se penchait vers moi et crachait :

— Tu me le paieras !

Ce qui n'était pas très sympa, vu que tout ça, ce n'était pas vraiment ma faute. Enfin oui et non.

— Je te signale que je ne t'ai pas mouchardée, ai-je répondu une fois.

À propos de la valise.

— Je m'en fiche. C'est pour toi que j'ai fait ça. C'est toi qui déménages. Je voulais que tes derniers jours avec nous soient spéciaux en amenant Mary Kay à t'aimer de nouveau. Sauf que maintennant, je comprends pourquoi elle te déteste. Tu es une enquiquineuse, Allie Punchie.

Ça, j'ai eu du mal à l'avaler. D'autant que c'était archifaux. C'était Brittany l'enquiquineuse. Surtout avec les chats.

Du coup, j'ai été contente à l'idée de déménager. À l'idée de fiche le camp et de ne plus jamais entendre parler de ces filles. Quand maman est venue me chercher, il n'y avait plus que Mme Hauser pour me parler.

— Ne t'inquiète pas, Allie, m'a-t-elle dit. Je suis certaine que la faim nous ramènera Lady Serena Archibald.

Mais j'ai eu du mal à croire qu'elle le pensait. Parce qu'elle avait les larmes aux yeux. Elle s'efforçait juste d'être courageuse. Elle aimait tellement son chat. Même si elle ne l'avait que depuis quelques mois. Et je la comprenais. Si je n'avais pas empêché mes parents de déménager et s'ils m'avaient donné un chat, je sais que je l'aurais aimée de la même manière.

— Oui, j'espère du fond du cœur, ai-je répondu en bouclant ma ceinture. Je suis désolée.

— Je sais que tu l'es, chérie, a souri Mme Hauser.

N'empêche, ce sourire cachait mal son inquiétude. Elle était encore plus inquiète que moi. Je n'avais pas envie qu'elle soit encore plus inquiète. Je voulais aussi qu'elle comprenne ce qui s'était passé – pourquoi j'avais fait ce que j'avais fait. Et puis, il fallait que je m'assure que, si Lady Serena Archibald revenait un jour, on n'aurait pas besoin de la sauver une deuxième fois.

Alors, même si ça m'a fait mal au ventre (et pas seulement parce que j'avais à peine touché à mon friand au fromage, vu que je n'avais pas faim après avoir perdu la chatte de Mme Hauser), j'ai dit :

— Je crois juste que Lady Serena n'aime pas trop quand Brittany joue à la femme d'affaires et la met dans sa valise.

Mme Hauser m'a regardée bizarrement.

— Quelle valise, chérie ? m'a-t-elle demandé.

Alors, je lui ai raconté le jeu de la femme d'affaires. De toute façon, Brittany était déjà folle de rage contre moi – et puis, elle ne pouvait pas m'atteindre avec une sculpture, là où j'étais. Bref, j'ai pensé que ça ne changerait rien, maintenant.

Et que, à l'avenir, ça protégerait Lady Serena Archibald.

Après que j'ai expliqué le jeu, Mme Hauser est devenue silencieuse. Et quand j'ai dit pourquoi j'avais ouvert la porte, elle m'a dit avec une drôle de voix :

— Je comprends, à présent. Merci, Allie. Merci d'avoir été franche avec moi.

Puis, elle s'est retournée et elle a hurlé :

— Brittany !

Avec la voix la plus terrifiante de l'univers. J'ai été drôlement contente quand maman m'a rejointe dans la voiture, et qu'on est parties.

— Que s'est-il passé ? m'a-t-elle demandé.

— Brittany Hauser s'amuse à enfermer la chatte de sa mère dans une valise et à la secouer comme un prunier. Je viens de la dénoncer.

Maman a commencé à rire, puis elle s'est brusquement arrêtée.

— Eh bien, c'est ta journée ! s'est-elle exclamée.

— Qu'est-ce que ça veut dire, ça ?

Je me sentais si mal que j'étais obligée d'appuyer ma tête contre la vitre de la voiture. J'étais soulagée d'avoir été la première que maman était venue chercher. Je crois que je n'aurais pas supporté d'entendre Mark et Kevin, sur la banquette arrière, jacasser à propos de camions, d'insectes, de sports et de papiers peints en velours.

— Cela veut dire que non seulement tu as laissé la chatte de Mme Hauser s'échapper, mais que tu as peut-être également envie de me parler de cette petite blague que tu nous as jouée avec ta collection de pierres.

Les mots « blague » et « collection de pierres » m'ont tout de suite redonné de l'énergie.

— Pourquoi ? ai-je demandé. Ça a marché ?

— Si tu entends par-là que tous tes sacs sont tombés de l'étagère de ton armoire sur le plancher quand Nancy Klinghoffer l'a ouverte, la réponse est oui.

Hourra ! Mon plan avait fonctionné ! Comme sur des roulettes ! Incroyable ! J'avais passé tant de temps à le mettre au point. On ne déménageait plus ! On ne déménageait plus !

— J'espère qu'elle n'a pas été blessée, ai-je dit en essayant de cacher ma satisfaction.

— Non. Mais elle aurait pu. Et nous allons devoir faire nettoyer une deuxième fois la moquette de ta chambre. Elle est couverte de terre et de morceaux de cailloux.

— Ce sont des géodes. Pas des cailloux. Des géodes.

— Franchement, Allie, j'ai du mal à comprendre ce qui t'est passé par la tête.

— Tu m'as grondée parce que ma collection était par terre. Alors, je l'ai posée sur une étagère. C'est vraiment dommage qu'elle soit tombée. On ne va pas déménager, maintenant, j'imagine ? Personne ne va vouloir acheter une maison avec une moquette aussi sale.

— Détrompe-toi, a rigolé maman. Nous avons déjà eu une offre. Et Mme Klinghoffer en attend deux autres. Il est difficile de se loger, dans notre quartier. C'est d'ailleurs pourquoi on n'arrête pas de construire. Les gens meurent d'envie de s'installer dans le lotissement.

J'ai eu soudain drôlement mal au ventre. Zut de zut ! Mon plan formidable pour qu'on ne déménage pas avait échoué, finalement. On allait devoir s'installer dans cette affreuse maison avec une main de zombie dans le grenier !

Je me demande pourquoi les gens veulent venir habiter dans ce lotissement. Après, ils vont envoyer leurs enfants dans une école pleine de filles comme Brittany Hauser. Ils ne se rendent pas compte du danger qu'elle représente pour leurs gosses, cette Brittany ? Franchement, c'est maltraiter les enfants, ça.

Ma mère a dû deviner mes pensées, parce qu'elle a ajouté :

— Je sais que tu n'as pas beaucoup apprécié la nouvelle école, Allie. Du moins, c'est ce que tu nous as raconté. Je sais aussi que la nouvelle maison ne te plaît pas. Mais je te promets que tu t'habitueras aux deux. Et même, que tu finiras par les aimer.

Laisse-leur un peu de temps. Et laisse-nous arranger la maison, ton père et moi. Tu verras, elle sera complètement différente. Ta chambre sera ravissante. Si tu te doutais du banc que papa est en train de te construire…

— Ce n'est pas ça, l'ai-je coupée. C'est…

— Nous tâchons également de te faire inscrire dans la classe de Mme Hunter. J'ai deviné que tu l'appréciais.

— Ce n'est pas ça non plus.

— Eh bien, j'espère que ce n'est pas cette histoire de zombie, s'est-elle fâchée, tout à coup. Parce que tu es bien trop grande pour croire à des bêtises pareilles.

D'abord, les zombies, ce ne sont pas des bêtises ! Et puis, les premiers à se faire tordre le cou, ce sont ceux qui ne croient pas aux mains de zombie !

— Mais maman, ce ne sont pas des bêtises ! Seulement, les mains de zombie, tu ne les vois pas. Sauf quand elles décident de se montrer. Et là, c'est trop tard !

— Je vais tuer ton Oncle Jay, a marmonné maman. Et je n'aurai pas besoin d'une main de zombie pour ça. Le grenier de la maison ne dissimule rien de louche, tu m'entends, Allie ? La prochaine fois que nous irons là-bas, je te montrerai. Et plus de plaisanteries stupides comme celle d'aujourd'hui avec les cailloux, compris ? Mme Klinghoffer a failli se démettre le dos en ramassant toutes tes géodes. Je ne tiens pas à payer une note de kiné en plus de tout le reste.

Apprendre que Mme Klinghoffer avait dû ramasser mes pierres m'a fait du bien. Un peu. Pas beaucoup. Parce que Lady Serena Archibald manquait toujours à l'appel. Et parce que nous allions déménager.

N'empêche, d'imaginer toutes ces pierres dégringolant sur Mme Klinghoffer quand elle a ouvert la porte de mon armoire, ça m'a fait rire. Même si j'ai deviné que j'allais devoir m'excuser plus tard. Parce que, bien sûr, c'est la règle.

Règle n° 10

Quand on se fait une nouvelle meilleure amie, c'est malpoli de s'en vanter

Lady Serena Archibald est revenue le lundi matin. Je ne l'ai pas appris par Brittany. Je l'ai appris par Courtney Wilcox. Et elle le savait seulement parce qu'elle vient à l'école en voiture avec Brittany et qu'elle avait tout vu.

Sauf que Brittany lui avait ordonné de ne rien dire. Mais Courtney était en colère contre elle, car elle avait dit qu'elle n'était plus sa meilleure amie. C'est Mary Kay, maintenant, la meilleure amie de Brittany. Et Courtney est la deuxième meilleure amie de Brittany.

Courtney aurait dû se douter que ça allait arriver après l'histoire du gâteau. En même temps, ni elle ni moi, on n'a compris ce qui se passait, à ce moment-là.

— Si Brittany a donné ce gâteau à Mary Kay, m'a dit Courtney, c'est parce qu'elle avait prévu depuis le début que Mary Kay serait sa nouvelle meilleure copine. Tu n'as pas super bien chanté, mais ta danse à toi était beaucoup mieux, Allie.

J'ai dit merci, même si je n'étais pas sûre que c'était un compliment. Parce que c'est la politesse qui veut ça : *Il faut dire merci quand quelqu'un vous fait un compliment, même si on n'est pas sûr que c'est un compliment.*

C'est une règle.

Bien sûr, ni Brittany ni Mary Kay ne me parlaient. Brittany, parce que j'avais rapporté à sa mère le coup de la valise, et que, pour la punir, Mme Hauser l'avait privée de sa machine à karaoké et de sa télé. Et Mary Kay… eh bien, parce que j'avais raconté à Scott Stamphley que j'allais déménager alors que j'avais juré de me taire. Le jour de son anniversaire, en plus.

— Lady Serena Archibald va bien ? ai-je demandé à Courtney.

— Oh, oui ! Bon, son poil est tout emmêlé et sale parce qu'elle est allée dans un champ et a récolté des tas d'épis d'herbe. N'empêche, ce matin, quand M. Hauser est sorti pour ramasser le journal, elle était assise sur le perron et elle allait bien. Elle avait très faim, mais ça allait. Mme Hauser va l'emmener chez un toiletteur pour la faire belle. Après, elle sera comme neuve, a-t-elle dit.

J'ai été drôlement soulagée par la nouvelle. Que Brittany et Mary Kay ne me parlent plus, ça, je m'en fichais. De toute façon, après ce qui s'était passé, je n'avais plus envie d'être copine avec elles.

— Si tu veux, je serai ta meilleure amie, Allie, a proposé Courtney. Enfin, jusqu'au déménagement.

— Euh… d'accord.

J'ai dit d'accord parce que c'est malpoli de répondre non à quelqu'un qui te demande d'être sa meilleure copine.

Mais il y a encore plus malpoli. Et c'est ce qu'ont fait Brittany et Mary Kay un peu plus tard. Quand elles se sont approchées de moi pendant le cours de dessin – j'étais en train de découper Marvin qui attend son os dans une plaque de lino – et qu'elles ont dit :

— Qu'est-ce qui pue comme ça ?

— Hmm, a répondu Brittany. C'est Allie, je crois. Elle pue la rapporteuse.

J'avoue, j'ai été plus que vexée. Mais je n'ai pas pleuré. Pas devant elles, en tout cas. Parce que si on pleure devant ceux qui vous insultent, on leur donne ce qu'ils espèrent. Donc, la règle c'est : *Quand quelqu'un vous insulte, il ne faut pas pleurer, mais faire comme si on s'en moque (comme ça, on gagne).*

C'est une règle.

J'ai continué ma sculpture et j'ai répondu, calmement, comme si leurs paroles ne me touchaient pas :

— Voilà qui est drôlement intelligent, les filles.

— Tu peux parler ! s'est fâchée Brittany. Quand je pense que tu as osé raconter à ma mère le jeu de la femme d'affaires !

— Et toi, tu as osé enfermer une pauvre chatte qui ne t'avait rien fait dans une valise !

— Et c'est toi qui as un cahier de règles ! Ha ! Je rêve !

J'ai été tellement choquée que j'ai oublié de faire celle qui s'en fiche. J'ai même failli me couper le pouce avec mon cutter !

— Qu'est-ce que tu viens de dire, là ? ai-je crié.

Brittany a eu un sourire méchant.

— Figure-toi que je sais tout ! Tu es si bizarre que tu dois écrire des règles pour te rappeler comment te comporter. Tu es vraiment qu'une pauvre nulle. Tu me ferais presque pitié, tiens !

Je me suis tournée vers Mary Kay, qui était à côté de Brittany. Au moins, elle a eu l'air gênée. Enfin, vu la façon dont elle contemplait ses chaussures.

— Tu lui as dit ? ai-je grondé. Tu lui as parlé de mon cahier de règles ?

Mary Kay s'est essuyé le nez en évitant de me regarder. Elle n'a pas eu le temps de répondre, parce que Brittany a continué :

— Évidemment qu'elle m'en a parlé. Ne jamais rien manger de rouge ? Non mais dis donc, tu te prends pour qui ? Tu sais quelle règle tu devrais ajouter dans ton petit cahier, Allie ? La règle des rapporteuses. Je suis sacrément contente que tu déménages. Comme ça, on ne sentira plus ta mauvaise odeur. Et toi, Mary Kay, tu n'es pas contente qu'elle fiche le camp ?

— Oh si ! s'est exclamée Mary Kay, en souriant tout à coup. Et je suis aussi super contente que tu sois ma meilleure amie, maintenant, Brittany.

— Moi aussi, a répondu Brittany en lui passant un bras autour du cou.

C'est là que je me suis rendu compte que les autres écoutaient notre conversation. Apparemment, ils la trouvaient très intéressante. Par « les autres », je veux dire ceux qui étaient assis à la même table que moi et qui découpaient aussi des carrés de lino.

Malheureusement, parmi eux, se trouvait Scott Stamphley.

— Tu as un cahier de règles ? m'a-t-il demandé.

— Ça va ! ai-je rétorqué.

Parce que si j'étais obligée de supporter Brittany et Mary Kay, je n'étais quand même pas obligée de le supporter, lui.

— Tu as écrit des règles sur moi, dedans ? a-t-il continué.

— Oui, ai-je riposté. Celle qui conseille de rester le plus loin possible de toi.

— Et sur ça ? Il y a une règle sur ça ?

Et il a roté très fort.

— Beurk ! ont crié Brittany et Mary Kay ensemble.

Ce qui est exactement la réaction que les garçons du genre de Scott Stamphley espèrent quand ils font des trucs comme ça. Brittany et Mary Kay ne connaissent pas la règle qui dit de ne pas faire attention.

— Non, ai-je rétorqué, mais il y en a une sur ça.

Et j'ai roté encore plus fort que lui. Encore une fois, Brittany et Mary Kay ont piaillé, tandis que les autres, assis à ma table, y compris Scott Stamphley, poussaient des grognements dégoûtés.

À ce moment-là, Mme Myers s'est aprochée pour voir ce qui se passait.

— Il y a un problème, les filles ? a-t-elle demandé à Brittany et Mary Kay, qui étaient les seules à ne pas être à leur place.

— Pas du tout, madame Myers, a répondu Brittany de sa voix sucrée (celle qu'elle utilise juste avec les grandes personnes). On disait seulement à Allie qu'on allait regretter qu'elle s'en aille.

— Eh bien, c'est très gentil de votre part, mais vous devriez retourner à votre table, maintenant.

— Oui, madame Myers.

Et elles ont filé, en lâchant à voix basse :

— Elle est vraiment ré-pu-gnante !

Et :

— Je te l'avais bien dit ! Un vrai garçon !

— Allie ? m'a lancé Mme Myers. Tout va bien ?

J'avais sûrement l'air d'avoir envie de pleurer. Vu que j'en avais envie. Un peu.

— Oui, ça va, ai-je répondu en me forçant à sourire. Merci.

— Ta plaque de lino est très jolie. C'est Marvin ?

— Oui.

J'ai senti les larmes qui commençaient à remplir mes yeux et se débattaient pour sortir. Sauf que je me battais aussi fort qu'elles pour les retenir. « Un garçon ? » Moi ? Quel toupet ! Pourtant, elles avaient vu mes grands jetés. Aucun garçon n'est capable de faire ça. Au cours de danse de Madame Linda, en tout cas.

— Eh bien, continue à travailler, m'a dit Mme Myers.

Ses longs cheveux ont caressé ma main, puis elle est passée à Scott Stamphley. Il sculptait un gros serpent qui mangeait un serpent plus petit qui mangeait un serpent encore plus petit pendant qu'une Corvette (la voiture préférée de Scott) les écrasait.

De l'autre côté de la pièce, j'ai vu Brittany et Mary Kay qui ricanaient. J'ai aussi vu que Courtney les regardait avec jalousie, comme si elle avait envie de ricaner avec elles.

Elles se fichaient sûrement de mon cahier de règles. Ce n'était pas idiot d'écrire des règles dans un cahier. Les règles, c'est important. Sans elles, personne ne saurait comment se comporter. Alors, le monde serait peuplé de Brittany Hauser. Vous imaginez l'horreur ?

Pas question que j'arrête d'écrire des règles juste parce que Brittany et Mary Kay considéraient que c'était idiot. J'allais même continuer.

Simplement, je n'en parlerai plus à personne. Peut-être. Je n'en parlerai pas à ma nouvelle meilleure copine, en tout cas. Parce que : *Parfois, il vaut mieux garder les choses pour soi.*

C'est une règle.

Règle n° 11

Quand on comprend enfin ce qu'il faut faire, il faut le faire, même si on n'en a pas envie

Ce soir-là, après l'école, maman et papa nous ont annoncé que Mme Klinghoffer avait appelé pour dire qu'elle avait vendu notre pavillon. Plus cher que le prix demandé au départ.

Donc, c'était perdu. La guerre du déménagement, je veux dire. Je l'avais perdue. Ils avaient gagné.

Maintenant, notre ancienne maison n'est plus à nous. Elle appartient à d'autres gens. Des gens que je ne connais même pas. Mon ancienne chambre n'est plus à moi non plus. D'ailleurs, je ne devrais pas l'appeler « mon ancienne chambre ». Techniquement parlant, c'est la nouvelle chambre de quelqu'un d'autre. Comme Mary Kay est la nouvelle meilleure copine de quelqu'un d'autre.

Pour fêter la vente de notre pavillon – comme s'il y avait de quoi se réjouir ! –, maman et papa nous ont emmenés au restaurant chinois, le restaurant le plus kitsch de la ville. On ne va presque jamais dîner dehors, parce qu'ils trouvent qu'on se comporte mal. Je dis « on », mais je parle de Mark et de Kevin. La dernière fois qu'on est allés manger des gaufres, mes frères ont coincé le distributeur de boules de chewing-gum pendant que maman et papa avaient le dos tourné. Ils ont aussi versé tout le sucre en sachet qui était sur notre table.

Après ça, le directeur nous a priés de ne plus remettre les pieds chez lui.

Alors, sur le chemin du chinois, papa a fait la leçon aux garçons :

— Si vous faites quoi que ce soit qui risque de mettre votre mère dans l'embarras, nous ne vous emmènerons plus jamais au restaurant, et vous devrez rester à la maison avec un de mes étudiants, pendant qu'Allie, votre mère et moi prendrons du bon temps.

Ça, ça a donné la frousse à Mark et Kevin. Parce que les étudiants de papa ne sont pas des baby-sitters marrants. Pas comme Oncle Jay, qui vient parfois nous garder quand maman et papa sortent. Les élèves de papa ne s'intéressent qu'aux ordinateurs, eux. Ils ne connaissent rien de rigolo, comme faire brûler la soupe dans le micro-ondes ou descendre les escaliers en glissant sur les matelas. Ils savent juste écrire des programmes informatiques. C'est ça qu'ils font quand ils nous gardent, d'ailleurs. Nous, on est censés s'occuper tout seuls « et merci de ne pas vous égorger pendant que je bosse ». C'est barbant.

Bien sûr, Mark et Kevin ont promis d'être sages. J'ai remarqué que papa ne me faisait pas promettre d'être sage, moi. C'est sûrement parce qu'il croyait me coincer avec le coup du chaton. Si je n'étais pas sage, je n'aurais pas de chaton. Mais il se trompait.

Quand on est arrivés au restaurant, j'ai tout de suite vérifié le bassin pour voir si la tortue de la soupe était encore là. Ouf. C'était le cas. Elle était perchée sur sa petite île, seule et triste. Personne n'avait commandé de soupe à la tortue. Ça m'a soulagée.

Mais on ne sait jamais, au cours de la soirée, peut-être que quelqu'un aurait envie d'une soupe à la tortue. La pauvre bête ne se doutait même pas qu'elle vivait sûrement ses dernières heures sur terre. Vous connaissez plus triste, vous ? Moi non.

Oncle Jay nous a rejoints sur place. Il s'est approché de notre table et il a dit : « Félicitations ! » à maman et à papa et les a serrés contre son cœur.

Il a tapé dans la main de Mark et de Kevin. Il a essayé de me taper dans la main aussi, mais je lui ai dit que je n'étais pas d'humeur.

— Qu'est-ce qu'elle a, Allie ? a demandé Oncle Jay en enlevant son écharpe et en s'asseyant.

— Elle ne partage pas notre enthousiasme à l'idée de déménager, a expliqué maman.

— Ça, c'est vrai ! ai-je grommelé.

— Pourquoi ne veux-tu pas déménager, Allie ? s'est exclamé Oncle Jay. C'est pourtant génial ! Tu vas commencer une vie toute neuve dans un endroit tout neuf ! Tu vas pouvoir changer de personnalité. Et même, tu pourrais changer de prénom. Tout le monde aimerait changer de prénom.

— Ma vie actuelle me plaît, ai-je rétorqué. Enfin, ma vie d'avant.

Ce qui n'était pas tout à fait vrai, vu ce qui s'était passé l'après-midi en cours de dessin – quand j'avais perdu ma meilleure copine qui avait révélé l'existence de mon cahier de règles à tout le C.M.1. Sauf qu'Oncle Jay n'avait pas besoin d'être au courant de ça.

— Il semblerait, a repris maman, qu'une certaine personne ait autorisé Allie à regarder certains films mettant en scène un certain morceau de l'anatomie d'un zombie. Depuis, une certaine maison victorienne a perdu tout attrait à ses yeux.

— Oh ! a marmonné Oncle Jay.

— Oui, « oh ! », a rouspété maman. Merci, Jay !

— Allie, m'a dit Oncle Jay, tu as compris que ce film sur la main du zombie, c'était des inventions, hein ?

— Ben tiens !

— Ne réponds pas comme ça à ton oncle, m'a ordonné papa.

— Désolée.

— Où est le problème, alors ? a insisté Oncle Jay.

Sauf que je ne pouvais pas lui expliquer où était le problème. Parce que c'était un trop gros problème pour en parler à table.

En plus, la serveuse nous avait déjà apporté notre porc à la sauce aigre-douce. J'avais du mal à avaler le mien, d'ailleurs. J'étais trop triste. Je n'arrêtais pas de penser à notre superbe pavillon qui appartenait à quelqu'un d'autre, maintenant. Et à Brittany et à Mary Kay qui s'étaient moquées de moi parce que j'écrivais mes règles dans un cahier. Et à la tortue qui ignorait que, à n'importe quel moment, elle risquait de finir dans une casserole. Chaque fois que des nouveaux clients entraient dans le restaurant, je me demandais s'ils allaient commander de la soupe à la tortue.

En fait, je comprenais très bien ce que c'était d'être cette tortue. Même si personne n'allait me manger. Enfin, pas tout de suite.

N'empêche, comme la tortue, je n'avais pas mon mot à dire sur ce qui m'arrivait. Par exemple, cette pauvre bête n'avait pas eu le choix de décider qu'elle allait vivre dans le bassin artificiel d'un restaurant en attendant d'être mangée en soupe plutôt que de vivre dans le parc de l'autre côté de la rue, où il y avait un vrai bassin avec d'autres tortues.

Comme moi. Bon, d'accord, la situation n'était pas terrible en ce moment, dans mon ancienne école. Sauf que j'aurais dû avoir le droit de choisir si j'avais envie d'aller dans une nouvelle école, non ? C'est injuste que personne ne me laisse donner mon avis. Et c'est pareil pour cette pauvre tortue.

Alors tout à coup, j'ai compris ce que je devais faire. Je n'en avais pas très envie, mais j'étais obligée. Parce que : *Quand on comprend enfin ce qu'il faut faire, il faut le faire, même si on n'en a pas envie.*

C'est une règle.

Bref, j'ai interrompu Oncle Jay qui parlait de sa nouvelle amoureuse, Harmony. Il veut qu'on la rencontre bientôt car, en plus d'être la meilleure étudiante de son cours de journalisme (ils publient de nombreux articles d'elle dans le journal local), elle est excellente cuisinière. Et elle masse drôlement bien les pieds aussi.

— Excusez-moi, il faut que j'aille faire pipi, ai-je dit.

— Tu sais où ça se trouve, chérie, a répliqué maman, inutile de le claironner. Vas-y.

J'ai posé ma serviette à côté de mon assiette encore pleine de porc sauce aigre-douce (elle est un peu rouge, mais un rouge orangé, alors on a le droit d'en manger) et je suis partie aux toilettes.

Après que j'ai fait ce que j'avais à y faire et m'être lavé les mains, j'ai ouvert la porte. Juste une fente. Les toilettes des dames se trouvaient juste en face du bassin en plastique, qui était, lui, juste de l'autre côté du bureau de la dame de l'accueil, celle qui place les gens qui viennent dîner. Tandis que j'espionnais, des clients sont entrés, et la dame, qui portait une longue robe chinoise toute brillante, a pris des menus et les a conduits à leur table, avec des sourires tout contents.

C'était le moment ! Personne ne me regardait. Rapide comme l'éclair (j'ai lu ça dans un livre, un jour, et ça veut dire très vite), j'ai foncé au bassin. J'ai presque réussi ! Il ne me restait plus qu'à tendre le bras pour attraper la tortue puis à filer dehors pour la relâcher ! Et alors, la tortue du restaurant chinois serait libre ! Et moi aussi, quand on y réfléchit.

Sauf que, juste à l'instant où je la prenais par sa carapace glissante, j'ai entendu des bruits de pas. En retenant mon souffle, j'ai soulevé la bestiole. Elle était plus lourde que j'aurais cru. Elle sentait plus mauvais aussi.

Au passage, c'est là que je me suis rendu compte que c'était une tortue happeuse, ces tortues qui mordent. Je ne m'étais pas du tout doutée qu'on faisait de la soupe de tortue happeuse, moi. Je m'en suis aperçue seulement quand celle-là a tourné la tête en se demandant ce qui lui arrivait et qu'elle a fait claquer ses mâchoires vers mon nez.

Incroyable ! J'étais en train de lui sauver la vie, et elle essayait de me mordre ! Elle ne voulait sûrement pas me faire de mal, remarquez, car à force d'être entourée par les serveurs et les serveuses du restaurant, elle devait être pratiquement apprivoisée. C'était juste l'instinct.

N'empêche. Merci beaucoup, madame la tortue !

Je me suis ruée vers la sortie en faisant attention de garder la tortue le plus loin possible de moi. Je ne voulais pas qu'elle plante ses dents dans mes mains. (Elles ont des dents, les tortues ? Si je veux être vétérinaire, je vais devoir me renseigner.)

Sauf que… trop tard ! Parce que quelqu'un a crié mon nom. Je me suis retournée et j'ai vu Oncle Jay qui sortait des toilettes des messieurs. Quand il s'est rendu compte de ce que je faisais, il a eu l'air drôlement surpris.

— Qu'est-ce que tu fiches avec cette tortue, Allie ? m'a-t-il lancé.

— Chut ! Je la sauve. Ne le dis à personne !

— Mais…

Puis j'ai aperçu la dame de l'accueil qui revenait avec ses sourires tout contents sur le visage. Enfin, jusqu'à ce qu'elle me voie. Et qu'elle voie ce que je tenais. Parce qu'elle a aussitôt arrêté de sourire pour crier :

— Hé, fillette ! Repose cette tortue tout de suite !

J'ai décampé aussi sec.

Règle n° 12

Quand on remet une tortue en liberté et que des gens vous pourchassent, le mieux c'est de se cacher

Je savais que la dame de l'accueil ne me rattraperait pas, parce qu'elle avait des talons hauts et une robe longue. Moulante, en plus. Donc, elle ne pouvait pas courir tellement vite. Mais elle allait sûrement me dénoncer à mon père. Et mon père, lui, il court drôlement vite. C'est parce qu'il joue au basket tous les samedis.

Alors, le mieux, c'était de me cacher. À force de jouer à cache-cache avec mes frères, je sais que la meilleure cachette, c'est la plus évidente – celle à laquelle personne ne pensera. Et où les gens pensent-ils à te chercher si tu te sauves avec une tortue ? Exactement ! Dans le parc. Au bassin du

MANDA
MENU

parc, même. Parce que c'est là qu'on remet les tortues en liberté. Du coup, je n'y suis pas allée. Parce que je suis très maligne.

À la place, j'ai décidé de me réfugier dans la voiture d'Oncle Jay. Il ne la ferme jamais à clé (d'après lui, il n'y a rien qui mérite d'être volé dedans). En plus, elle était garée juste devant le restaurant. Je n'ai eu qu'à me glisser à l'intérieur.

J'étais assise sur le plancher au milieu des C.D. en pagaille, et dehors, tout le monde hurlait mon nom, quand la portière s'est ouverte. Oncle Jay s'est installé au volant.

— Allie ? a-t-il murmuré.

Comme s'il avait deviné depuis le début que j'étais là. Ce qui était sûrement le cas. Oncle Jay et moi, on s'entend comme des larrons en foire, comme il dit. Ça signifie qu'on est super copains. Il affirme aussi que c'est parce que, lui et moi, on est tous les deux des esprits indépendants.

— Chut ! ai-je murmuré moi aussi. Fais comme si je n'étais pas là !

Il a baissé les yeux vers moi. La tortue bougeait les pattes comme si elle nageait. Et elle mordait l'air. Elle faisait des petits bruits, alors que moi, j'étais parfaitement silencieuse.

— T'inquiète, m'a rassurée Oncle Jay avec une espèce de sourire. Mais il va bien falloir que tu finisses par sortir d'ici.

— Pas question de leur rendre la tortue. Pour qu'ils en fassent de la soupe, merci bien !

— Mais qu'est-ce que tu racontes ?

— Ben tu sais, sur le menu, il y a de la soupe à la tortue. Ce n'est pas parce que personne n'en a encore commandé que ça ne va pas arriver un jour.

J'ai bien vu qu'il se retenait de rire. Sauf qu'il a répondu, l'air sérieux :

— Tu as raison. Complètement raison.

— C'est trop injuste, ai-je continué. Cette tortue devrait avoir son mot à dire sur ce qui lui arrive. Elle devrait avoir le droit de choisir la liberté. Je vais la mettre dans le parc, où elle retrouvera ses copines.

— Bonne idée. Mais cet animal a vécu toute sa vie en captivité. Je doute qu'il soit capable de se nourrir seul. Et il commence à faire sacrément froid. L'hiver ne va pas tarder. Cette bête risque de mourir de faim. Ou de geler sur place.

Flûte ! Je n'avais pas pensé à ça. Finalement, mon plan pour sauver la tortue du chinois était pas si génial que ça. D'ailleurs, je n'avais pas vraiment réfléchi à un plan. C'était plus un plan sous le coup de l'inspiration.

— Mais si je la rends, ai-je dit, elle va être mangée ! C'est insupportable de penser que quelqu'un risque à tout moment de la manger.

Dehors, mon père a hurlé :

— Jay ! Qu'est-ce que tu fiches ? Tu vas nous aider à la chercher oui ou non ?

— Je prends juste mes gants, a braillé Oncle Jay. Bon, Allie, d'accord, a-t-il ajouté ensuite. Je te propose un marché.

— Quel genre de marché ? ai-je demandé.

Ça m'embête de le reconnaître, mais je pleurais. Un peu. Pas beaucoup. Surtout parce que cette tortue empestait, et que ça me donnait les larmes aux yeux. Mais aussi parce que j'étais dans le pétrin.

Je déteste être dans le pétrin. Je sais, ça peut paraître surprenant, vu le nombre de fois où je me suis mise dedans, ces derniers temps.

— Je croyais qu'on avait déjà passé un marché, toi et moi, ai-je continué. À propos de ce qui est arrivé à la montre de plongée de papa. Je ne t'ai jamais mouchardé, je te signale.

— Il s'agit d'un autre marché, s'est dépêché d'expliquer Oncle Jay. J'ai eu tort de te laisser regarder ce film sur la main de zombie. J'ai une sorte de dette envers toi, du coup. Le nouveau marché, c'est que je vais garder la tortue. Toi, tu n'as qu'à la laisser dans la voiture, et je l'emmènerai ce soir chez moi. On ne dira rien à personne. En retour, tu arrêtes d'embêter tes parents avec le déménagement et tu fais comme si tu étais d'accord. À force, tu finiras par être d'accord, d'ailleurs, tu verras. Si ça se trouve, déménager te fera super plaisir. Alors, qu'est-ce que tu en penses ?

Je me suis mordu la lèvre. Que la tortue vive chez Oncle Jay était une excellente idée. Un, il n'a pas d'autres animaux, et deux, son appartement, c'est le bazar. Donc, il ne fera pas la différence avec ou sans tortue. Et moi, je ne serai plus inquiète que quelqu'un la mange. Ça sera toujours ça de gagné. Un souci de moins parmi les tas de soucis que j'avais.

Par contre, je n'étais pas trop sûre que faire semblant d'aimer la nouvelle maison allait marcher.

— Et sur ce qu'a dit le garçon ?

— Quel garçon ?

De l'autre côté de la rue, près du parc, mon père a crié :

— Allie ! Où es-tu, Allie ? Reviens ici tout de suite ! Ce n'est pas drôle.

— Le voisin de la nouvelle maison. John. Il a prétendu que les gens qui habitaient là-bas avant, ils avaient fait quelque chose d'horrible dans le grenier.

— Je te promets de mobiliser toutes mes capacités de détective pour vérifier si c'est vrai ou non.

Mais je crois que ce type s'est moqué de toi. Je suis ultrasensible aux phénomènes paranormaux, figure-toi. Lorsque j'ai visité votre future maison, je n'ai senti que de bonnes vibrations.

Je me suis demandé comment il pouvait parler de bonnes vibrations, entre les murs gris moches, les planchers marronasses et tout le reste. Mais bon, j'ai laissé passer, parce qu'il se montrait vraiment sympa à propos de la tortue.

— Alors ? a-t-il repris. Qu'en dis-tu ? Tu reviens à table ?

Je n'avais pas tellement le choix. Je ne pouvais pas rester toute la soirée dans cette voiture avec la tortue dans les mains. Donc, j'ai accepté le marché.

Oncle Jay est sorti de la voiture. Il a fait comme s'il me cherchait dans le parc avec mon père. Il ne fallait pas, quand j'allais réapparaître juste après lui, que ça paraisse suspect. J'ai compté jusqu'à vingt, j'ai posé la tortue sur le plancher de la voiture. Elle a arrêté de vouloir me mordre et a regardé autour d'elle, du genre : « Où suis-je ? Qu'est-ce qui se passe ? »

— Tu vas vivre dans un endroit plus chouette, lui ai-je expliqué. Là où personne ne te commandera pour le dîner. Je te promets que je viendrai souvent te rendre visite.

Ensuite, je suis descendue et je suis retournée au restaurant. Tout le monde était très fâché contre moi. Sauf maman. Elle, elle était hyper contente. Pour commencer. Parce que, après, elle s'est fâchée.

— Ne me refais jamais un coup pareil, jeune fille ! a-t-elle dit après m'avoir serrée fort. Qu'est-ce que j'ai eu peur ! Ton père et Oncle Jay sont encore dehors à te chercher !

— Ouais, a renchéri Mark. Et les gens du restaurant sont furieux parce que tu leur as volé leur tortue. Ils ont dit qu'on allait devoir la payer. Alors qu'on ne l'a même pas mangée !

— Aucune importance, a décrété maman en tendant sa carte de crédit à la serveuse.

Cette dernière me jetait de sales regards. Ce n'était pas mon imagination. Elle aussi, elle était furieuse.

— Réglons la note et partons, a poursuivi maman. Mais je t'avoue, Allie, que je ne m'attendais pas à un tel comportement de ta part. Des garçons, oui. De toi, non. Qu'est-ce qui t'a pris, bon sang ?

— Je ne supporte pas l'idée que quelqu'un mange cette tortue.

— Pardon ? Oh, Allie ! Personne ne va…

— Tu vois ? a lancé Oncle Jay qui est soudain arrivé avec papa. Je te l'avais bien dit, elle est ici, saine et sauve.

— Te voilà enfin ! a grondé papa. On t'a cherchée partout. Où est la tortue ?

— On s'en moque, est intervenue maman en se levant.

— Comment ça, on s'en moque ? a objecté papa. Qu'as-tu fait de cette tortue, Allie ?

Je n'ai rien dit. Même quand le directeur du restaurant est venu et m'a suppliée. Et rien non plus quand il m'a accusée ensuite d'être une très vilaine petite fille et que j'allais avoir de sacrés ennuis et que j'avais de la chance qu'il n'ait pas averti la police. C'est là que papa est intervenu :

— Écoutez, nous avons payé pour cette fichue tortue, alors ça suffit. Vous terrifiez ma fille, là.

Sauf qu'il ne me terrifait pas du tout. Parce que je pensais que ce serait marrant, la prochaine fois que papa irait chez Oncle Jay pour regarder un match de foot et qu'il verrait la tortue. Est-ce qu'il s'apercevrait que c'était la même ?

— Allons-y, a décrété maman. La fête est terminée. Rentrons chez nous.

Bref, on est rentrés. Mais avant, Mark et Kevin ont enfoncé une baguette chinoise dans la machine qui fait de la monnaie, près du téléphone à côté des toilettes des messieurs. Comme ça, plus personne n'aura de monnaie et plus personne ne pourra téléphoner du restaurant. On s'est frappé dans les mains dans la voiture.

En m'arrangeant pour que maman et papa ne nous voient pas, quand même.

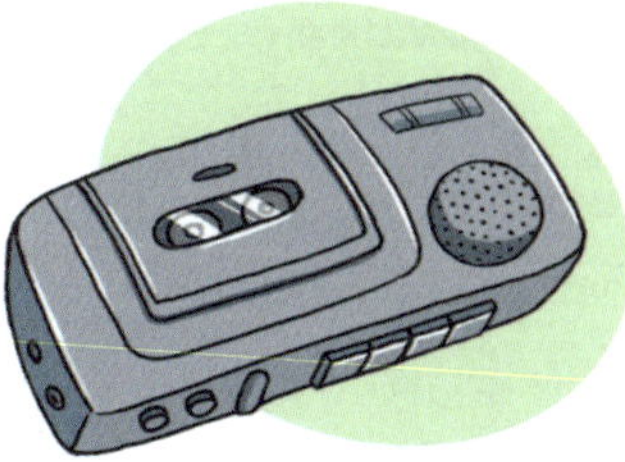

Règle n° 13

On ne peut pas prendre ses cailloux avec soi

Je ne suis peut-être pas la meilleure teneuse de promesse du monde. Par exemple, je n'avais pas respecté ma promesse de ne parler à personne de mon déménagement le jour de l'anniversaire de Mary Kay. N'empêche, j'ai tenu ma promesse à Oncle Jay.

Après le soir où j'ai volé la tortue du restaurant chinois, j'ai fait comme si j'étais contente de déménager. Je ne me suis pas plainte des murs gris moches de la nouvelle maison. Je n'ai plus parlé une seule fois des planchers qui grinçaient. Et je me suis tue à propos de la main de zombie. J'ai fait comme si ça ne me gênait pas de partir de notre ancien pavillon pour la nouvelle maison.

J'ai fait comme si j'avais très envie d'aller dans une autre école.

Eh bien, ce que m'avait dit Oncle Jay, que j'allais finir par être vraiment contente – ça a marché. Un peu. Pas beaucoup. Mais quand même. Une fois que l'on commence à sentir les choses, on les sent pour de bon. Par exemple, à force de dire que j'étais heureuse de déménager, j'ai arrêté d'être aussi mal.

En plus, ce n'était pas si difficile de faire semblant, vu que tout le monde me détestait dans mon école. Enfin, tout le monde sauf Courtney Wilcox.

Et puis, comme on emballait toutes nos affaires, vivre dans l'ancienne maison n'était plus aussi sympa. Partout où je regardais, il n'y avait que des cartons, des montagnes de cartons et toujours des cartons. Qui voudrait vivre dans une maison pleine de cartons ?

Mon père a démonté mon lit à baldaquin et toutes mes étagères pour les mettre dans ma future chambre. Que maman retapait en secret. Vu que je ne m'étais jamais décidée à choisir les papiers peints et la moquette, elle avait choisi à ma place. Elle a dit que j'allais avoir une sacrée surprise.

J'ai fait semblant d'être contente pour ça aussi. Parce que, à la réflexion, Oncle Jay, c'est un bon donneur de conseils. Et c'est bizarre de voir comment maman a été contente parce que je faisais semblant d'être contente.

Enfin, jusqu'à la dernière semaine avant le déménagement. Parce qu'elle a remarqué que ma collection de géodes était toujours dans ma chambre, dans les dix sacs en papier de l'épicier. Du coup, elle m'a dit que je ne pouvais pas emporter mes cailloux, sauf les trois ou quatre que je préférais. Il fallait que je jette les autres.

— Ce ne sont pas des cailloux, ai-je dit. Ce sont des géodes. Et je vais les vendre sur Internet, comme ça je m'achèterai un téléphone portable.

— Cailloux ou géodes, tu ne peux pas tous les emporter dans la nouvelle maison. Et nous n'avons pas le temps de les vendre sur Internet. Et je t'interdis d'avoir un mobile. Débarrasse-t'en, Allie. Tout de suite !

J'étais en train de transporter mes sacs très lourds pour les vider dans le grand trou du chantier derrière chez nous quand Oncle Jay s'est garé dans l'allée. Il était avec une jolie fille qui avait de longs cheveux noirs. C'était son amoureuse, Harmony.

— Salut ! m'a-t-elle lancé.

Elle s'est approchée pour voir ce que je faisais pendant qu'Oncle Jay, qui m'avait aussi dit salut, entrait dans la maison. Il était venu aider mon père à démonter les lits superposés de mes frères. En échange, mes parents les invitaient, lui et Harmony, à manger de la pizza (moi, j'aurai des friands au fromage).

— Salut, Harmony, ai-je lancé aussi.

Elle avait l'air drôlement propre et belle, cette Harmony. Pourvu qu'elle ne me reproche pas d'être toute sale. Parce que remettre mes géodes dans le chantier où je les avais trouvées, c'était sacrément salissant.

— J'avais hâte de te connaître, m'a-t-elle répondu. Jay m'a raconté ce que tu avais fait, l'autre soir, au restaurant chinois... comment tu avais sauvé la tortue. Elle s'appelle Wang Ba, à propos. Je me demandais si tu serais d'accord pour que je t'interviewe. Pour mon atelier d'écriture journalistique. Je trouve que tu as été extraordinaire, et ça ferait un bon reportage.

— Ben oui, si tu veux.

— Génial !

Alors, elle a tiré un magnétophone de sa poche. Très pro, j'ai trouvé. Elle l'a allumé, puis elle a dit :

— Raconte-moi, Allie. Avec tes propres mots. Pourquoi as-tu volé la tortue du restaurant chinois ?

J'ai obéi. Revenir sur cette histoire, ça m'a épuisée, d'ailleurs. Surtout parce que, en parlant, j'étais obligée de continuer à vider mes sacs de géodes dans le trou du chantier. D'ailleurs, après, Harmony m'a demandé pourquoi je les jetais.

Du coup, j'ai été obligée de lui raconter également que ma mère refusait que j'emporte toute ma collection dans la nouvelle maison et qu'elle m'avait aussi interdit de la vendre sur Internet. Je lui ai montré mes plus belles géodes. Elle les a admirées, alors je lui ai permis d'en prendre une.

Mais elle n'en a pas voulu parce que ça ne rentrait pas dans son sac à main.

En tout cas, j'ai remarqué un truc bizarre. Pendant tout le temps où je bavardais avec Harmony, j'ai bien vu que Mary Kay Shiner et Brittany Hauser n'arrêtaient pas de passer devant chez moi. Je ne sais pas pourquoi. Elles ne faisaient pas la course en vélo, elles ne jouaient pas à se cacher pour se faire peur, rien de rigolo comme ça. De toute façon, Mary Kay a toujours été trop trouillarde pour s'amuser à ce genre de jeu. Juste, elles passaient et repassaient sur le trottoir. Et, chaque fois, elles faisaient des messes basses et ricanaient. Complètement nul. Et agaçant aussi. J'ai essayé de les ignorer, sauf que, à un moment, elles ont tendu le doigt vers moi en rigolant tellement fort qu'Harmony a tourné la tête.

— Oh, ce sont des amies à toi ? a-t-elle demandé. Je devrais peut-être les interviewer aussi, non ? Pour avoir un autre point de vue sur l'histoire, tu comprends ?

— Non, ai-je répondu tout de suite. Il ne vaudrait mieux pas. Elles étaient mes amies avant, mais ce n'est plus le cas maintenant.

— Ah bon ? Que s'est-il passé ?

J'ai été forcée de raconter ça aussi – la chatte dans la valise, et pourquoi Mary Kay et Brittany n'étaient plus mes amies. Mais je lui ai demandé de ne pas raconter cette histoire dans son article. Confidentiel, ai-je dit. C'est un mot que j'ai appris dans un film que j'ai vu avec Oncle Jay, un jour.

— Je vois, a-t-elle marmonné. Tu dois vraiment beaucoup aimer les animaux pour mettre ainsi en péril une amitié à cause d'un chat.

— Oui.

Je ne lui ai pas dit que Brittany est une jeteuse de batte et que Mary Kay pleure tout le temps, et qu'être amies avec elle, ça n'avait pas été une partie de plaisir tous les jours.

Lorsque mes sacs d'épicerie ont été vides, je les ai jetés dans la poubelle. Puis Harmony et moi, on est rentrées à la maison pour regarder mon père et Oncle Jay démonter les lits superposés de mes frères. Et ça, c'était plutôt marrant, parce qu'ils n'ont pas arrêté de dire des gros mots quand ils se coupaient les doigts sur les vis. Et chaque fois, maman les a obligés à mettre vingt cents dans la tirelire à gros mots.

Résultat, le soir, on avait récolté cinq dollars. Ce sera pour emmener Marvin chez le toiletteur. Il va être superbe, quand ils auront fini de le laver. J'espère qu'ils lui mettront un ruban autour du cou, même si c'est un garçon.

Plus tard encore le même soir, juste avant d'aller au lit, je me suis glissée en douce près du trou du chantier pour dire au revoir à mes géodes. Sans que personne me voie. Parce que dire au revoir à des pierres, c'est un peu bête. Je les voyais à peine d'ailleurs, vu que la lune venait tout juste de se lever.

J'ai pensé que lorsque la nouvelle famille qui avait acheté notre pavillon s'installerait, la petite fille (s'il y en avait une) trouverait un jour ma collection de géodes. Comme moi, elle croirait peut-être avoir découvert un trésor de diamants. Comme moi, elle se dirait peut-être que des pirates les avaient enterrés ici. Elle penserait peut-être : « Je suis riche ! »

Et elle serait un peu déçue quand quelqu'un lui apprendrait que ces pierres n'étaient pas des diamants, juste des géodes. Mais avec un peu de chance, elle serait le genre de fille capable de comprendre la beauté des géodes autant que celle des diamants, même si une géode, ça ne vaut pas grand-chose.

Le fait que mes géodes rendraient peut-être un jour une autre fille aussi heureuse que moi, ça m'a un peu remonté le moral. Alors que je ne faisais même pas semblant de l'avoir le moral. Savoir que quelqu'un aimerait autant mes pierres que moi, ça m'a rendue moins triste de devoir les jeter.

Bref, j'ai réussi à leur dire au revoir et à rentrer à la maison. J'avais le cœur léger comme je ne l'avais pas eu depuis longtemps.

Règle n° 14

Les célébrités ne suivent pas les mêmes règles que tout le monde

Une semaine après, c'était mon dernier jour dans mon ancienne école, et les C.M.1 de Mme Myers ont organisé une fête d'adieu pour moi. Enfin, une sorte de fête. Parce que c'est surtout moi qui l'ai organisée pour moi-même. Maman a acheté des gâteaux à la vanille avec un glaçage au chocolat et des pépites de chocolat. Elle les a apportés à l'école. Pas uniquement pour moi, pour les classes de Mark et de Kevin aussi.

Donc, j'ai été forcée de faire une fête, que ça me plaise ou non. Et ça ne m'a pas plu, puisque Mary Kay me détestait encore et était toujours la nouvelle meilleure copine de Brittany Hauser. En fait, je n'avais pas du tout envie de cette fête. Sauf qu'on ne m'a pas laissé le choix.

J'aurais dû me douter que les choses allaient être bizarres à cette fête. Vu que les choses ont commencé à être bizarres dès le début de la journée. D'abord, le matin, quand je suis sortie de chez moi pour aller à l'école, Mary Kay m'attendait.

Oui, Mary Kay essayait de faire le chemin de l'école avec moi ! J'ai eu beau marcher très vite et très loin devant elle, j'ai eu droit à ses pleurnicheries.

— Sois sympa, Allie. On pourrait à nouveau être les meilleures amies, non ?

Qu'est-ce qu'elle m'a agacée ! Parce que si elle n'avait pas attendu le dernier jour avant le déménagement pour me le demander, j'aurais peut-être dit oui. Mais là, c'était un peu tard.

J'ai pensé, c'est peut-être parce que c'est mon dernier jour, qu'elle se sent mal à l'aise d'avoir été aussi méchante avec moi, en parlant à tout le monde de mon cahier de règles.

Sauf que, une fois que j'ai été à l'école, Brittany Hauser s'est mise elle aussi à être très gentille avec moi. Elle m'a dit que mes cheveux étaient bien coiffés, et voulu savoir ce que je leur avais fait pour qu'ils soient aussi jolis (je n'avais tout simplement pas oublié de les brosser), et si je voulais bien manger à sa table à la cantine.

Bien sûr, j'ai répondu non. Pourquoi aurais-je eu envie de déjeuner à côté de cette folle ?

Et je suis devenue encore plus soupçonneuse quand Brittany ne s'est pas fâchée parce que je refusais sa proposition. Elle a seulement dit :

— D'accord, Allie, comme tu voudras. À propos, tu ne viendrais pas à la maison ce week-end ?

— Non. Ce week-end, je déménage.

J'ai failli ajouter : « Et je te déteste. » Mais : *On ne doit pas dire aux gens qu'on les déteste.* C'est une règle. Même aux gens qui méritent qu'on les déteste, comme Brittany Hauser.

— Que je suis bête ! a-t-elle répondu en pouffant. J'avais oublié. Eh bien, tant pis, ce sera pour un autre jour.

Là ça a été plus fort que moi. Il a fallu que je découvre ce qu'elle mijotait.

— Pourquoi tu m'invites chez toi, Brittany ? Tu ne te rappelles pas ce qui s'est passé la dernière fois ?

— Tu parles de Lady Serena Archibald ? Pfff, mais ce n'est rien, ça ! Je m'en suis remise depuis longtemps. Et puis, on s'est drôlement amusées, non ?

Ben… pas moi. Je ne comprenais plus rien. Et Courtney non plus, quand je lui ai posé la question, à la cantine.

— Des extraterrestres qui se sont peut-être emparés de leur corps, a-t-elle suggéré.

J'ai trouvé que c'était la meilleure explication.

Ce n'est pas avant le dernier cours de la journée que j'ai découvert ce qui se passait vraiment. Au moment de ma fête d'adieu. Quand Mme Myers m'a fait venir à côté d'elle, a mis son bras autour de mes épaules et a lancé devant tout le monde que j'allais beaucoup lui manquer. Et que j'avais été un atout pour les C.M.1. Et que j'avais été excellente en maths et en sciences, bref tout ça. Ensuite, elle a ajouté :

— En plus de ces brillants résultats scolaires…

Elle s'est interrompue pour s'adresser à Scott Stamphley. Il faisait semblant de vomir à cause de tous les compliments de Mme Myers sur moi.

— Scott, a-t-elle dit, si tu te sens mal, tu sais où sont les toilettes. Je reprends. Allie Punchie s'est également révélée être une militante active de la cause animale ; elle a courageusement sauvé une tortue de la mort dans un restaurant local très apprécié… si j'en crois le journal de ce matin du moins.

Et là, elle a brandi un exemplaire du journal et l'a montré à la classe. Je ne l'avais pas vu, parce que maman et papa ont déjà arrêté leur abonnement à notre adresse, vu qu'on va en changer. Un grand article racontait que j'avais volé une tortue dans un restaurant chinois que je l'avais cachée « dans un endroit sûr »… d'après l'auteur, Harmony Culpepper. Il y avait aussi une photo en couleurs. J'étais près du chantier derrière chez nous, avec mes bottes de cow-boy et je vidais un gros sac de géodes dans le trou. Mes cheveux étaient tout bizarres, parce que je ne les avais pas brossés avant. N'empêche, on me reconnaissait. Sous la photo, des mots disaient : *ALLIE PUNCHIE : JEUNE MILITANTE DE LA CAUSE ANIMALE*.

C'est là que je me suis rappelé la photo qu'Harmony avait prise de moi avec son petit appareil numérique quand elle m'avait interviewée. Je me suis aussi rappelé qu'elle avait dit que, si son prof appréciait son article, il l'enverrait au journal. D'après Harmony, il faisait ça seulement quand les articles lui plaisaient beaucoup.

Donc, il avait dû aimer celui sur moi et Wang Ba. Tout à coup, j'ai pigé pourquoi Mary Kay avait voulu marcher jusqu'à l'école avec moi. Et pourquoi Brittany Hauser m'avait proposé de manger à sa table.

J'étais une célébrité. Sans rire. J'étais connue. En tout cas, l'élève la plus connue du C.M.1 de Mme Myers

— Tu vas vraiment nous manquer, Allie, a ajouté ma maîtresse.

— Pas à tous, a lancé Scott Stamphley.

On n'avait pas trop bien compris parce qu'il avait dit ça en toussant. Mais moi, je suis très forte en mots toussés, parce que c'est quasiment moi qui ai inventé cette langue. Je lui ai jeté un sale regard !

— Pardon, Scott ? a fait Mme Myers. Si tu veux un verre d'eau, vas-y.

— Non, non, ça va, madame Myers, a-t-il répondu.

— Tant mieux, alors. Je tiens juste à ajouter que Allie va adorer sa nouvelle école, que son absence fera un grand vide ici, et que c'est pourquoi nous lui avons préparé cela… n'est-ce pas, les enfants ? Pour qu'elle se souvienne de nous.

— Ouais ! ont crié les élèves de ma classe.

Même Brittany Hauser, qui a hurlé plus fort que tout le monde. Au passage, ça lui a donné un air encore plus stupide.

Alors, Mme Myers a déroulé une grande affiche. Tout le monde avait mis un message pour dire qu'il regrettait mon départ – ou le contraire dans le cas de Scott Stamphley, qui avait juste écrit : *À JAMAIS, ALLIE PUNCHIE !* Brittany et Mary Kay avaient seulement signé, et j'ai deviné que l'affiche avait été rédigée avant que je sois une célébrité et qu'elles aient décidé de redevenir amies avec moi.

— Merci à tous, ai-je dit. Ça me fait super plaisir.

Parce que c'est la politesse : *Quand quelqu'un vous offre quelque chose dont vous n'avez pas vraiment envie, il faut dire merci quand même.*

C'est une règle.

— Et maintenant, goûtons au délicieux gâteau que ta maman a apporté, a dit Mme Myers.

— Délicieusement chimique, a chuchoté Scott Stamphley.

Sauf que je l'ai quand même entendu. Les garçons à côté de lui ont éclaté de rire. J'ai fait celle qui s'en fichait.

— Bien sûr, ai-je répondu à Mme Myers. Je vais distribuer les parts.

— Merci, Allie. Tu penses pouvoir te débrouiller seule ?

— Je vais l'aider, a crié Brittany Hauser. S'il vous plaît, madame Myers ! S'il vous plaît !

Elle agitait tellement le bras que j'ai cru qu'elle allait se le casser.

— C'est bon, merci. J'y arriverai toute seule.

Et j'ai fait un sourire aussi sucré que le gâteau.

— Très bien, Allie, a décidé Mme Myers en me donnant la grande boîte blanche.

Lentement, je suis allée d'élève en élève en donnant les parts de gâteau. Quand je suis arrivée à

Mary Kay, elle a murmuré avec des larmes dans les yeux :

— Écoute, Allie, ce que tu as fait pour cette tortue… c'était drôlement… courageux.

— Merci. Mais tout le monde aurait agi comme moi, à ma place.

Ce qui était un sacré gros mensonge. Mary Kay n'aurait jamais sauvé Wang Ba. Elle n'aurait jamais eu le cran.

— Je sais qu'on s'est pas mal disputées, ces derniers temps, a-t-elle ajouté, et je suis désolée d'avoir parlé de ton cahier de règles à Brittany. C'était méchant. Excuse-moi. Je voudrais te dire que tu seras toujours une de mes meilleures amies, Allie. Toujours.

J'ai trouvé ça marrant, vu que, jusqu'à la veille, Mary Kay ne m'avait pas du tout considérée comme une amie. Et voilà qu'il suffisait que je sois soudain une célèbre et jeune militante de la cause animale pour qu'elle pense de nouveau à moi comme sa meilleure copine ?

— Oh, merci ! ai-je répondu.

J'étais aussi fausse qu'elle. Puisqu'elle voulait jouer à ce petit jeu, on allait être deux.

— De rien, a-t-elle répondu en mordant dans sa part de gâteau.

Quand je me suis approchée de Courtney Wilcox, elle m'a dit :

— Tiens, Allie, c'est pour toi.

Et elle m'a donné une petite boîte. J'ai dû poser le gâteau pour l'ouvrir. Dedans, il y avait un collier, la moitié d'un cœur en argent.

— Regarde ! a-t-elle ajouté, toute contente en me montrant l'autre moitié du cœur autour de son cou. Si toi et moi on a chacune un bout du cœur, ça veut dire qu'on est amies, même si on n'est pas ensemble. C'est ma mère qui l'a acheté à la galerie marchande. Je pensais que ça te plairait.

Ça me plaisait. Parce que la mère de Courtney était allée le chercher avant que je devienne une célébrité. Vu que j'étais célèbre seulement depuis ce matin. Contrairement à Mary Kay, Courtney Wilcox était sincère.

— Super, ai-je dit en mettant le collier. Tiens, prends une part de gâteau.

— Merci.

Ensuite, je me suis tournée vers Brittany. Je l'avais gardée pour la fin.

— Du gâteau ?

— Oui, il a l'air délicieux.

Elle a tendu la main.

— Laisse-moi faire, ai-je dit.

J'ai pris sa part et j'ai fait comme si j'allais la lui donner. Sauf que, à la place, je lui ai écrabouillée sur la figure. Et j'ai bien appuyé.

— Une bagarre ! a hurlé Scott Stamphley.

La seconde d'après, tous ceux à qui il restait des morceaux de gâteau se sont mis à les lancer partout. Comme s'ils s'étaient mis d'accord en secret, les garçons visaient Brittany Hauser et Mary Kay, et les filles visaient Scott Stamphley. Si les garçons avaient choisi de viser Brittany, c'était parce qu'elle avait crié : « Pas mes cheveux ! » et aussi, parce qu'elle n'avait pas de quoi se défendre, puisqu'elle n'avait pas eu de part. Et Mary Kay, c'était parce qu'elle s'était mise à pleurer, bien sûr. Elles représentaient deux belles cibles, celles-là.

Pour moi, en tout cas.

Bref, mes cinq dernières minutes dans l'école ont été mes cinq meilleures minutes d'école de toute ma vie. Même si j'ai terminé dans le bureau de la directrice. En plus, j'ai été obligée de m'asseoir à côté de Scott Stamphley en attendant que nos parents viennent nous chercher. Alors qu'il n'arrêtait pas de chanter une chanson sur la colique. Une chanson qui datait du C.P. ! Au bout d'un moment, j'ai craqué.

— Je connais cette chanson depuis la maternelle, ai-je dit.

Bon, d'accord, j'exagérais, mais pas beaucoup.

— Ah ouais ? Pourquoi tu ne chantes pas avec moi, alors ?

— Parce qu'elle est bête.

— Aussi bête que toi ?

Ça m'a coupé le souffle. C'était mon dernier jour d'école, et je me retrouvais coincée chez la directrice à côté de cet imbécile de Scott Stamphley ! Il n'allait rien m'arriver de grave, car Mme Grant, la directrice, est toujours sympa et compréhensive avec les élèves… pas comme Mme Jenkins, la directrice de la nouvelle école.

— Aussi bête que toi, ai-je rétorqué.

— Ah ouais ? En tout cas, la Mary Kay Shiner, tu ne l'as pas loupée, avec le glaçage.

Ce compliment inattendu m'a arraché un sourire. Je n'en revenais pas qu'il l'ait remarqué.

— Elle criait, une vraie fille, a continué Scott. Tu as vu quand j'ai lancé le reste des pépites de chocolat sur Brittany ?

— Elle va en trouver dans ses cheveux pendant des semaines, ai-je répondu, ravie.

— Oh, mes cheveux ! a fait Scott en imitant parfaitement Brittany.

— Hé, pas mal ! Tu devrais participer au concours de talents de l'école, cette année.

— Tu parles ! a-t-il marmonné, modeste.

— Si, si, ai-je insisté. Ça la rendrait complètement folle.

— Tu crois ?

— Je te parie même qu'elle pleurerait.

— Tu sais quoi, Allie Punchie ? Des fois, tu as raison.

Voilà qui était une remarque stupéfiante de la part d'un garçon comme Scott. D'ailleurs, j'en suis restée bouche bée. Qu'est-ce qui se passait ? Avais-je bien entendu Scott Stamphley me dire quelque chose de gentil ?

Sauf que je n'ai pas eu le temps de répondre, car ma mère est arrivée, l'air furieux. Juste derrière elle, y avait la mère de Scott, pas très contente non plus.

— Qu'est-ce que j'apprends, Allie ? m'a lancé ma mère. Et qu'est-ce que tu as dans les cheveux ? Du... du gâteau ! Tu as déclenché une bagarre ? Avec le gâteau que je t'ai acheté ? Tu as neuf ans ou cinq ans, Allie ? Mme Myers est extrêmement déçue par ton comportement. Cette fois, ton compte est bon ! Tu m'entends ? Tu vas voir ce que tu vas voir, quand nous serons à la maison. Et ne compte plus sur le chaton, maintenant...

J'avoue que, en apprenant que Mme Myers était déçue, sans compter le chaton que je n'aurais plus, j'ai eu les larmes aux yeux. Heureusement que je me suis souvenue que Scott Stamphley était juste à côté, sinon j'aurais pleuré. En plus, ça avait été fantastique d'écraser les pépites de chocolat sur la tête de Mary Kay.

J'ai regardé Scott. Sa mère lui faisait des tas de reproches comme la mienne. Mais sans parler du chaton, bien sûr. Lui, il ne pleurait pas, en tout cas. Il se contentait d'enlever des morceaux de gâteau de son tee-shirt. Et de les manger.

Lorsque maman m'a entraînée dehors, j'ai compris que ça serait ça, ma dernière image de l'école : Scott Stamphley mangeant des morceaux de mon gâteau d'adieu qu'il retirait de son tee-shirt.

Au revoir, madame Myers ! Désolée de vous avoir déçue.

Au revoir, les C.M.1 ! J'ai oublié mon affiche avec vos messages.

Au revoir, Brittany Hauser ! Je ne te déteste pas à ce point, je crois. Mais je ne t'aime pas non plus.

Au revoir, Courtney Wilcox ! Dommage qu'on n'ait pas été amies très longtemps. Le collier que ta mère a acheté à la galerie marchande me plaît beaucoup.

Au revoir, la dame de la cantine ! Merci pour tout le lait au chocolat que je n'ai pas payé.

Au revoir, Pépère le cheval ! J'espère que tu aimais les roulés aux fruits.

Au revoir, Mary Kay ! Tu n'as jamais été une très bonne meilleure copine, parce que tu pleures trop souvent, que tu ne me laisses jamais être la lionne si bien que, à cause de toi, j'ai les genoux éraflés. N'empêche, excuse-moi d'avoir enfoncé cette spatule dans ta gorge.

Au revoir, Scott Stamphley !

Au revoir !

Adieu !

À jamais !

Règle n° 15

Il ne faut pas juger une maison sur ses apparences avant de l'avoir restaurée

J'ai continué à faire semblant d'être contente, même si je ne l'étais pas du tout. Surtout maintenant que j'étais sûre de ne pas avoir de chaton. N'empêche, j'ai joué les contentes quand maman et papa nous ont emmenés à la nouvelle maison pour « la grosse surprise », comme ils disaient.

La grosse surprise, c'était nos chambres. Maman avait pris des jours de congé et les avait rénovées en secret pendant qu'on était à l'école. Donc, elles étaient enfin prêtes. Maman voulait qu'on voie combien elles étaient chouettes avant le déménagement. Et puis, comme ça, elle pourrait encore changer les choses qui ne nous plaisaient pas.

Ça ne faisait pas une grande différence, puisqu'on allait devoir vivre dedans, que ça nous plaise ou non. Bref, dans la voiture, j'ai fait semblant d'être contente d'aller voir la nouvelle maison.

Sauf que c'était faux. À l'intérieur, je n'étais pas contente. À l'intérieur, j'envisageais de me sauver. Moi, je n'avais jamais demandé à déménager. Ni à changer d'école ou à jeter ma collection de pierres. La seule chose que j'avais voulue pour de bon (en plus d'aller à l'école avec Erica, Sophie et Caroline et d'avoir, peut-être, Mme Hunter comme maîtresse), c'était mon chat, et on ne me le donnait pas. C'était injuste. Trop injuste.

Si je fuguais, ça ferait les pieds à maman et papa. Et ils ne l'auraient pas volé. Surtout que, maintenant, j'étais une célèbre jeune militante de la cause animale. Ce qui les avait drôlement étonnés, au passage. Malheureusement, ils n'avaient pas changé d'avis pour mon chat. Je n'aurais qu'à mettre dans un sac mon pyjama, ma brosse à dents et des habits propres, ma poupée (celle avec laquelle je dors depuis que j'ai trois ans ; elle est toute sale et elle a eu la jambe arrachée par Marvin quand il était encore un chiot, mais maman l'a raccommodée), mon cahier de règles, et je m'en irais. J'arriverais sûrement jusqu'à l'appartement d'Oncle Jay. De l'ancienne maison au campus, c'est un long chemin. Mais de la nouvelle maison, ce n'est rien du tout.

Alors, je vivrais avec Oncle Jay et Wang Ba. Et j'aurais un chaton. Et personne ne pourrait me dire que non, je n'en aurais pas. Oncle Jay n'est pas le genre d'oncle à dire non. En plus, il ne remarquerait même pas un tout petit chaton minuscule dans son appartement, parce que c'est le bazar.

Je n'ai pas fugué. J'ai dû m'endormir avant d'avoir le temps de faire mon sac vu que, quand je me suis réveillée le matin, c'était l'heure de partir visiter la nouvelle maison. Ça ne m'a pas empêchée de réfléchir encore à mon plan. Parce que moi, je ne suis pas du genre à abandonner.

Je savais très bien que je n'allais pas aimer ma chambre, malgré les restaurations de maman. C'était impossible. Parce que personne n'est capable de transformer une chambre sombre et pleine de courants d'air en une chambre claire et jolie. Et la quantité de peinture n'y change rien.

Mais j'avais promis à Oncle Jay de faire semblant. Alors, j'ai fait semblant tout le temps qu'a duré le trajet en voiture. Et tout le temps de marcher jusqu'aux marches du perron. Et tout le temps que maman a mis pour ouvrir la porte. Et là, je suis entrée.

Je suis bien obligée de reconnaître que j'ai été étonnée par ce que maman avait réussi à faire en seulement quelques semaines. Pendant que moi j'étais occupée à l'école à être torturée par Brittany Hauser et Mary Kay, maman – avec l'aide de papa – avait peint, enlevé la poussière et les toiles d'araignée des lustres, mis de nouvelles ampoules, et poncé les planchers pour les rendre brillants et beaux.

D'accord, elle n'avait pas eu le temps de s'occuper de tout. Les passages secrets étaient toujours aussi noirs et effrayants. Le jardin de derrière, c'était encore des bouts de terrain nu sans herbe. Le nouveau frigo, la nouvelle cuisinière et le nouveau lave-vaisselle n'étaient pas arrivés, si bien qu'il n'y avait que des espaces vides dans la cuisine.

Mais les araignées avaient disparu.

Enfin, jusqu'à ce qu'on monte au dernier étage où se trouvaient les chambres. Les araignées étaient dans la chambre de Mark. Heureusement, elles n'étaient pas vivantes. Elles étaient dessinées sur le papier peint. En plus, ce n'était même pas des dessins de bébé : on y voyait des insectes avec leur nom scientifique dessous en latin. Naturellement, Mark était tellement content qu'il a sauté partout comme un fou. Franchement, qui a envie de vivre au milieu de dessins d'araignées, de scarabées, d'abeilles, de mouches, de guêpes et de fourmis ? Eh bien, mon frère, apparemment.

Kevin a juste été un tout petit peu moins content que Mark en découvrant sa chambre. Il avait un papier peint avec des pirates – des dessins de bateaux de pirates et des drapeaux avec des crânes et deux os. Sauf qu'il n'était pas en velours. Parce que du papier peint de pirates en velours, ça n'existe pas. En tout cas, maman n'en avait pas trouvé. À la place, elle lui avait posé des rideaux en velours bleu. Donc, il était quand même content.

Moi, quand j'ai poussé la porte de ma chambre, je ne m'attendais pas à grand-chose. Mais je préparais un sourire à mettre sur mes lèvres. Je me disais que, une fois que j'aurais installé toutes mes affaires, je finirais par apprécier cette chambre. Avec le temps. Dans douze ans, environ. Jamais je n'aurais imaginé ce que j'ai vu lorsque j'ai poussé la porte. Je suis tombée sur une chambre encore plus belle que la mienne dans l'ancienne maison.

J'ignore comment maman et papa s'étaient débrouillés, mais ils avaient vraiment bien travaillé. Le papier peint était de couleur crème avec de minuscules fleurs bleues assorties à la moquette. Ils avaient installé aussi des rideaux en dentelle, et même le banc dans la tourelle. En tout cas, la pièce la plus moche de la maison était devenue, grâce à eux, la pièce la plus jolie.

Je suis restée plantée là sur le seuil, stupéfaite. J'ai respiré l'odeur de la peinture fraîche ; je n'en croyais pas mes yeux. Derrière moi, Kevin et Marc s'exclamaient :

— Génial ! Super beau !

— Tu vois, Allie ? Je te l'avais bien dit !

— Alors, Allie, a demandé maman. Qu'en penses-tu ?

Elle parlait comme si elle était fière d'elle. Moi, je ressentais un tel choc que je ne me suis même pas rappelé de faire semblant de sourire.

— Je l'adore ! ai-je crié.

Et ce n'était pas faux.

— J'en suis très heureuse, a rigolé maman. Et que dis-tu du banc près de la fenêtre que papa t'a construit ?

— Enfin, c'est le magasin qui l'a construit, a précisé papa. Moi, je l'ai juste assemblé.

— Je l'adore aussi, ai-je dit en courant vers le banc pour tester ses coussins moelleux.

Perchée là-dessus, je voyais la rue. Les feuilles des arbres changeaient de couleur, formant un kaléidoscope d'oranges, de jaunes, de rouges et de bruns, comme une couverture. Jamais je n'avais vu quelque chose d'aussi joli. C'était presque aussi joli que ma chambre. J'allais pouvoir m'asseoir près de cette fenêtre pour regarder dehors pendant des heures. Et tant pis pour la tour relais !

— Merveilleux ! a dit maman. Mais nous avons encore des choses à te montrer. Viens !

Je suis donc retournée dans le couloir. Et là, papa a tiré la corde qui déclenchait la trappe du grenier.

— Non papa ! j'ai crié.

Trop tard ! L'escalier s'était déjà déplié. Les câbles qui le retenaient au plafond ont grincé.

— Suis-moi, Allie ! a-t-il déclaré. Je vais te prouver qu'il n'y a aucune raison d'avoir peur, là-dedans. Nous montons tous.

— Super ! s'est exclamé Mark en commençant à escalader les marches.

— Pas question ! ai-je objecté en l'attrapant par le fond de son pantalon. Tu cherches à nous faire tous assassiner, papa ?

La tête et les épaules de papa avaient déjà disparu dans le grenier.

— Il n'y a rien à craindre, a-t-il répondu. Parce qu'il n'y a que quelques cartons de vieilleries. Viens, je vais te montrer.

— Lâche-moi, Allie ! s'est fâché Mark en donnant des coups de pied dans ma main. Je veux y aller !

— Arrête, Mark ! Je veux juste te protéger.

— Laisse-le, m'a ordonné maman. Tu devrais grimper là-haut toi aussi. C'est la seule façon de te rendre compte que tu n'as aucune raison d'avoir peur.

J'ai lâché Mark. Parce qu'il était prêt à me donner un coup de pied dans la figure. J'ai soupiré. Maman avait raison, bien sûr. Mais… et la main de zombie ?

— Hé, c'est géant ! a lancé Mark. Venez, vous autres ! Il faut que vous voyiez ça, c'est incroyable !

J'ai regardé Kevin.

— Pas question que je monte là-haut, a-t-il décrété. Je vais me salir.

En soupirant encore, j'ai posé mon pied sur l'échelle et j'ai commencé à monter. J'apercevais la tête de papa près des poutres du toit. Des rayons de soleil illuminaient l'endroit. J'ai bien été obligée d'admettre que le grenier n'avait rien d'effrayant.

Une fois là-haut, j'ai inspecté les environs. Il n'y avait vraiment pas de quoi avoir peur. Le grenier était simplement une grande pièce avec un plafond pentu et bas. Et il était presque vide, à part quelques cartons. Mon père et Mark étaient d'ailleurs penchés dessus et les ouvraient pour renverser ce qu'ils contenaient.

— Des cartes de Noël ! s'est exclamé Mark, déçu.

Au début, je ne l'ai pas cru. Puis j'ai vu que c'était vrai. Tous ces cartons étaient remplis à ras bord de cartes de vœux. Des dizaines et des dizaines. Des centaines, peut-être. Certaines utilisées, déjà écrites. D'autres avaient des photos, dessus. Et elles étaient très vieilles, environ vingt ans !

— Eh bien, a marmonné papa, pas de main de zombie. Mais j'avoue que celle-là est terrifiante.

Il a montré une carte ; c'était une photo de famille avec des gens moches et bizarrement coiffés. Apparemment, c'était en vacances à Disney World.

— Ramassez ces cartons ! nous a crié maman. Autant les mettre à la poubelle tout de suite !

— Bonne idée, a acquiescé papa. Passez-les-moi, vous deux.

Voilà comment on a vidé le grenier pour qu'il soit prêt à recevoir nos vieilleries à nous. J'étais en train de balancer une des boîtes dans la poubelle quand j'ai entendu qu'on m'appelait. Je me suis retournée et j'ai vu Erica. Debout dans son jardin, elle me faisait des signes de la main.

— Salut ! a-t-elle lancé. Vous emménagez aujourd'hui ?

Je me suis précipitée vers la haie qui séparait nos deux jardins. Missy était là aussi. Elle s'entraînait avec son bâton de majorette. Et John, qui balayait les feuilles mortes.

— Non, ai-je répondu. C'est demain.

— Extra ! a crié Erica avec un grand sourire. J'ai hâte que tu sois là. Sophie et Caroline te disent bonjour, à propos. On a été super contentes quand Mme Hunter nous a annoncé que tu serais dans notre classe.

— C'est vrai ? Elle a dit ça ?

— Tu ne le savais pas ?

Erica sautait sur place. Et elle hurlait, une habitude chez elle quand elle est très excitée, visiblement.

— NON ! ai-je hurlé aussi (en sautant sur place aussi, à cause de la politesse). Je te parie que mes parents gardaient la nouvelle. Pour me faire une surprise encore plus grande.

— Quelle surprise ?

— Celle de ma chambre. Tu veux la voir ? Ils l'ont vraiment bien retapée.

— D'accord. Mais avant, je vais prévenir ma mère. Ça nous évitera les mêmes histoires que la dernière fois.

Elle a filé chez elle, et j'en ai profité pour regarder Missy. Elle lançait son bâton très haut en l'air, tournait sur elle-même et le rattrapait juste avant qu'il ne tombe par terre. John s'est appuyé sur son râteau et m'a demandé :

— Alors, comment va, Allie ?

— Bien.

J'étais prudente. Et s'il reparlait de la chose dans le grenier ? Ça n'a pas loupé.

— Tu as bien entendu de drôles de trucs là où tu sais ? a-t-il marmonné en désignant le toit de notre maison.

— Si tu penses à des bruits bizarres dans notre grenier, non, je n'ai rien entendu, ai-je répondu tout fort. Parce qu'il n'y a rien là-dedans, à part quelques boîtes de vieilles cartes de Noël. Qui n'y sont même plus, parce qu'on vient de les jeter.

— C'est sûrement parce qu'on est en plein jour, a-t-il insisté. Mais la nuit, quand tout le monde dort, je te parie que des choses bizarres se passent, là-haut. Comme si quelqu'un essayait de sortir pour…

— Arrête de me faire marcher, lui ai-je rétorqué avec une voix sévère. J'ai neuf ans, je ne suis plus un bébé, je te signale. Je sais que les fantômes ou les mains de zombie, ça n'existe pas. Tu devrais avoir honte, toi un grand, d'essayer de faire peur à des petites filles. Qu'est-ce que dirait ta mère si elle l'apprenait, à ton avis ?

Il a sursauté, puis a dit :

— Tu ne vas pas rapporter, hein ?

— J'en sais rien, ai-je répondu en croisant les bras. Peut-être que si.

À cet instant, Erica a surgi de la maison et a couru vers moi.

— Ma mère est d'accord, a-t-elle annoncé en sautant par-dessus la haie. Allons-y !

— Génial !

On s'est ruées chez moi. Mais, au dernier moment, je me suis rappelé une chose.

— Une minute, ai-je lancé à Erica.

Je suis retourné à la haie.

— John ?

Il a levé la tête de son râteau.

— Quoi ?

— Ça !

Et je lui ai roté au nez, le plus fort possible. Ensuite, j'ai couru vers Erica, je lui ai pris la main et je l'ai entraînée dans la nouvelle maison.

Règle n° 16

Personne n'aime les poseuses

Le lendemain matin, le camion de déménagement est arrivé très tôt. Si tôt que maman et papa n'étaient même pas encore levés et qu'ils ont dit tellement de gros mots qu'on a eu cinq dollars de plus pour le futur toilettage de Marvin.

Moi, j'ai été réveillée par le klaxon des déménageurs et les gros mots de maman et de papa. J'ai sauté du lit et je me suis habillée à toute vitesse. Parce qu'on avait des tas de choses à faire.

Mark a été drôlement impressionné par le camion. Il a dit que c'était un dix-huit roues. Kevin a remarqué que les déménageurs portaient des ceintures spéciales, et papa a expliqué que c'était pour éviter les hernies qu'on attrape à force de soulever des choses lourdes. On a demandé ce qu'était une hernie, et papa a expliqué que c'est quand le ventre explose. Kevin a dit qu'il aimerait bien voir ça. Moi aussi.

Alors, on est restés assis un moment sur le perron pour voir si le ventre d'un des hommes explosait. C'est là que maman a eu l'idée de nous envoyer chez Oncle Jay. Comme ça, on ne serait pas dans leurs jambes.

— Et pas de cochonneries en guise de déjeuner, s'il te plaît ! a recommandé maman à Oncle Jay quand il est venu nous chercher.

Elle lui a donné un billet de ving dollars en ajoutant :

— Quelque chose d'à peu près sain. Comme des pizzas ou des friands au fromage.

— Évidemment, a-t-il répondu en glissant les sous dans sa poche. Fais-moi confiance.

Sauf que, dès qu'on est arrivés chez lui, il a demandé :

— Qui veut des sandwichs fromage-bacon surgelés ?

Tu parles d'une question ! On était tous d'accord, bien sûr. On adore aller chez Oncle Jay, parce qu'il nous donne toujours une canette de Coca à chacun (et pas une seule à partager tous les trois) et des sandwichs fromage-bacon surgelés bien gras. En plus, il a une télé presque aussi grande que mon lit. Pour le reste, son appartement est plutôt vide, mis à part un futon. Mais on s'en fiche parce qu'il y a cette télé géniale.

La première chose que j'ai faite en arrivant, c'est d'aller vérifier que Wang Ba allait bien. Oncle Jay l'a installée dans la baignoire de son colocataire (sauf qu'il n'a plus de colocataire, parce que selon lui, ça étouffe sa créativité). Il avait drôlement bien arrangé la baignoire, Oncle Jay. Il avait mis des pierres pour que Wang Ba grimpe dessus, des plantes et plein d'eau pour qu'elle nage. Un peu comme un bassin privé rien que pour elle.

C'est difficile de dire si une tortue est heureuse ou pas, mais Wang Ba avait l'air plutôt contente. Pour une tortue, en tout cas. Et elle ne sentait plus aussi mauvais qu'avant.

— Explique-moi pourquoi tu es triste, Allie, m'a soudain demandé Oncle Jay.

Il était sur le seuil de la salle de bains, avec mon sandwich fromage-bacon surgelé sur une assiette et toute une canette de Coca rien que pour moi.

— Oh, j'ai eu un problème à l'école, vendredi. Parce que j'ai déclenché une bataille de nourriture.

— Fantastique ! s'est-il exclamé.

— Pas si fantastique que ça, ai-je répondu en prenant mon déjeuner. Maintenant, maman ne veut plus que j'aie de chaton.

— Il est clair que tes parents ne se rendent pas compte de l'importance que t'a donnée ton statut de jeune militante de la cause animale. Ne t'inquiète pas, je suis sûr que si tu te tiens à carreau pendant quelques jours et que tu aides à la maison, ta mère reviendra sur sa décision. Comme toujours.

— Mouais… elle était vraiment fâchée.

— Ben, je sais que ce n'est pas un chaton, mais Wang Ba sera toujours là pour toi.

J'ai regardé la tortue du restaurant chinois. Je me suis rappelé que j'avais envisagé de fuguer pour venir vivre chez Oncle Jay. D'être ici, en pleine journée, m'a aidée à comprendre que j'étais soulagée de ne pas l'avoir fait, finalement. Même si j'adore tonton Jay.

Mais ses sandwichs surgelés, il ne les avait pas bien réchauffés au micro-ondes, et ils étaient encore un peu froid au milieu.

Après avoir regardé pendant des heures des dessins animés et joué pendant d'autres heures à des jeux vidéo, on a enfin reçu un coup de fil de maman et papa. Ils ont annoncé que les déménageurs étaient partis, et qu'Oncle Jay pouvait nous ramener dans la nouvelle maison. On a pris la voiture et on est partis les rejoindre.

Il faisait nuit quand on s'est garés dans l'allée. Mais, pour la première fois, les lumières brillaient derrière les fenêtres de la nouvelle maison.

Et je suis forcée de reconnaître qu'elle n'avait plus l'air aussi effrayante qu'avant. Elle avait même l'air… accueillante. Même si maman et papa n'avaient pas eu le temps d'accrocher les rideaux, sauf dans nos chambres. Les cartons n'avaient pas encore été déballés, et les meubles n'étaient pas à leur place. Les déménageurs avaient juste posé les affaires, puis ils étaient partis. N'empêche, avec nos affaires à l'intérieur, la nouvelle maison ressemblait… à chez nous.

Dans ma chambre, papa avait monté mon lit à baldaquin, mes étagères étaient sur les murs, et mes rideaux de dentelle me protégeaient de la nuit. Bref, elle avait toujours l'air de la plus jolie chambre du monde.

Après que j'ai caché mon cahier de règles au bon endroit (entre les lattes de mon lit), je me suis aperçue qu'elle était VRAIMENT la plus jolie chambre du monde. Bon, d'accord, la salle de bains, de l'autre côté du couloir avait encore besoin d'être restaurée – par terre, le carrelage était froid sous les pieds, et l'eau qui coulait du robinet du lavabo était marron.

Au début. Parce que ça faisait longtemps que personne ne s'en était servi. La trappe du grenier avec sa corde qui pendait me faisait toujours un peu peur.

Mais la nouvelle maison n'était pas si mal, en fin de compte. Surtout quand, à l'heure de nous coucher, j'ai entendu Mark et Kevin qui se parlaient à travers la grille de chauffage séparant leurs chambres.

— Houston ? Ici la navette spatiale. Vous me recevez, Houston ? Terminé.

— Navette spatiale ? Ici Houston. Nous vous recevons. Terminé.

Maman est montée me voir au moment où je me mettais au lit.

— Tout va bien, chérie ? m'a-t-elle demandé.

— Oui, ai-je répondu.

Et je ne pensais pas qu'à la chambre, même si c'était ça qu'elle avait voulu dire avec sa question.

— C'est vrai ? Tu sais, si quelque chose ne te plaît pas, tu peux me le dire, je ne me vexerai pas.

— Non, tout est extra.

Ça m'a un peu surprise de voir qu'Oncle Jay avait eu raison. Je ne faisais plus semblant. Tout était VRAIMENT extra. D'accord, j'allais être obligée de fréquenter une autre école, je serais la nouvelle pendant une semaine entière, avec plein de nouvelles personnes à connaître. Mais je me soucierais de ça plus tard. Pour l'instant, tout était bien. Enfin, presque tout.

— Je suis heureuse que tu prennes les choses ainsi, a dit maman en me bordant. Au fait, je voulais te parler de quelque chose, mais avec le déménagement j'ai oublié. La mère de Brittany Hauser m'a téléphoné, aujourd'hui.

Houps ! Les produits chimiques du gâteau acheté à l'épicerie avaient-ils provoqué de gros dégâts sur le visage de Brittany ?

— Ne t'inquiète pas, m'a rassurée maman. Ça ne concernait pas sa fille. C'était à propos de Lady Serena Archibald.

Oh non ! J'ai tout de suite pensé que c'était de mauvaises nouvelles. Je ne sais pas pourquoi, d'ailleurs. Mais il s'était sûrement passé quelque chose de grave. Parce que j'avais laissé s'échapper Lady Serena Archibald.

— Qu'est-ce qu'il y a ? ai-je demandé.

Maman paraissait avoir du mal à ne pas sourire.

— Eh bien, il semble que, quand tu l'as laissée sortir, Lady Serena Archibald a fait la connaissance d'un monsieur chat. Elle va avoir des petits.

Quoi ? Mais c'était une excellente nouvelle, ça !

— Ah bon ? ai-je crié.

— Oui. Et comme on ignore qui est le papa, il y a fort peu de chances pour que ces chatons soient des persans pure race. Du coup, Mme Hauser ne pourra pas les vendre. Alors, elle tenait à ce que je te dise que tu seras la première à pouvoir en choisir un quand ils naîtront, d'ici quelques semaines.

J'était tellement contente que j'ai sauté de mon lit. Puis, je me suis souvenue de ce que maman avait dit, vendredi, dans le bureau de la directrice.

— Mais maman, tu m'as punie en me disant que je n'aurais plus de chaton.

— Il se trouve que ton père et moi en avons discuté. Et comme tu as été… hum, pour l'essentiel, plutôt gentille avec cette histoire de déménagement, nous avons changé d'avis. Tu auras le droit d'avoir un chat.

J'ai hurlé si fort que maman s'est couvert les oreilles.

— Ça veut dire que je vais avoir un des petits de Lady Serena Archibald ? ai-je braillé.

— Pas si tu continues à crier comme ça. Mais autrement, oui. Et tu seras la première à choisir.

Je me suis jetée à son cou et je l'ai serrée fort contre moi. J'étais si contente que j'en pleurais presque. Je n'en revenais pas. J'allais avoir mon chaton ! Et pas n'importe lequel, en plus ! Un chaton de la plus belle chatte de l'univers, Lady Serena Archibald ! Micha allait être la chatte la plus chouette du monde.

— Allez, a rigolé maman, couche-toi, maintenant. Et dors. Nous avons des tas de cartons à déballer, demain.

Je me suis blottie sous ma couette.

— Je suis pressée de raconter ça à Erica, ai-je dit, à moitié endormie. Demain matin, dès que je me lève, je vais lui annoncer.

— Après le petit déjeuner.

— D'accord. Juste après, alors.

— Seulement, reste modeste. Personne n'aime les poseuses.

— C'est quoi une poseuse ?

— Quelqu'un qui se vante, qui se met trop en avant.

— Comme Brittany Hauser ? Elle n'arrête pas de dire que, pour ses dix ans, sa mère va louer une limousine pour emmener toutes les filles de la classe au magasin de jouets et chaque fille pourra choisir un jouet ; ensuite elles iront à la pizzeria et elles pourront avoir chacune une pizza, puis la voiture les ramènera chez elles.

Bien sûr, Brittany avait aussi précisé que je n'aurais droit à rien de tout ça. Vu que je ne serais pas invitée.

— C'est exactement ça, a dit maman. Très bon exemple de poseuse. Alors, s'il te plaît, ne te comporte pas ainsi. Et à présent, bonne nuit, Allie.

Elle a éteint ma lumière et elle est partie. Mais dès que les marches n'ont plus craqué, ce qui voulait dire que maman était redescendue au rez-de-chaussée (un autre point positif de la nouvelle maison, car maintenant, je saurais toujours quand une grande personne monterait l'escalier), j'ai rallumé ma lampe et j'ai sorti mon cahier de règles de sous mon lit.

Et j'ai écrit : *Personne n'aime les poseuses.*

Ma première règle dans la nouvelle maison. J'ai eu le sentiment que j'allais apprendre des tas de règles extraordinaires, ici. Ensuite, j'ai refermé mon cahier, je l'ai caché, je me suis recouchée, j'ai éteint la lumière et j'ai fermé les yeux.

Parce que maman avait raison. J'avais beaucoup de choses à faire le lendemain.

Les règles d'Allie Punchie

- Il ne faut jamais enfoncer une spatule au fond de la gorge de sa meilleure amie.
- Tout ce qui monte finit toujours par redescendre.
- Il ne faut jamais lâcher un ballon d'hélium dans le ciel.
- Traite tes amies comme tu voudrais qu'elles te traitent.
- Ne mange jamais rien de rouge.
- Porte toujours un casque quand tu fais du skate parce que si une voiture te renverse ton crâne explosera et des enfants comme moi passeront leur temps à attendre que la voie soit libre pour traverser la rue afin de chercher les bouts de ta cervelle que l'ambulance aura oubliés dans les haies.
- N'adopte pas un animal qui te fait caca dans la main.

• Quand papa donne un ordre, on a drôlement intérêt à le suivre.

• Il ne faut jamais faire peur à ses petits frères.

• Ce qui est fait est fait.

• Si tu veux qu'un secret reste un secret, ne le confie surtout pas à Scott Stamphley.

• On doit toujours dire des choses sympas à ses amies même si on ne les pense pas.

• Les frères (et les parents) ne sont pas toujours très délicats.

• Il ne faut pas détester les gens (surtout les grandes personnes).

• Si ça ne fait pas mal, ça ne compte pas.

• On n'a pas le droit de laisser sa famille déménager dans une maison hantée.

• Quand quelqu'un crie de joie, la politesse veut que l'on crie aussi.

• Il ne faut jamais contredire Brittany Hauser si on tient à sa peau.

• Éviter d'être receveur quand Brittany Hauser est à la batte.

• La première impression est très importante.

• La réglisse, c'est dégoûtant.

• On ne peut jamais faire une deuxième première impression.

• Ce n'est pas poli de reprendre les grandes personnes.

- Ne jamais enfermer son chat dans une valise.
- Il faut écouter poliment quand une grande personne raconte quelque chose même si on le sait déjà.
- Dire tout haut ce que l'on pense tout bas, ce n'est pas poli.
- On n'a pas le droit de laisser mourir de faim ses invités.
- Quand on fait quelque chose de mal, il faut s'excuser (même si on n'est pas entièrement responsable).
- Quand on se fait une nouvelle meilleure amie, c'est malpoli de s'en vanter.
- Il faut dire merci quand quelqu'un vous fait un compliment, même si on n'est pas sûr que c'est un compliment.
- Quand quelqu'un vous insulte, il ne faut pas pleurer, mais faire comme si on s'en moque (comme ça, on gagne).
- Parfois, il vaut mieux garder les choses pour soi.
- Quand on comprend enfin ce qu'il faut faire, il faut le faire, même si on n'en a pas envie.
- Quand on remet une tortue en liberté et que des gens vous pourchassent, le mieux c'est de se cacher.
- On ne peut pas prendre ses cailloux avec soi.

- Les célébrités ne suivent pas les mêmes règles que tout le monde.
- On ne doit pas dire aux gens qu'on les déteste.
- Quand quelqu'un vous offre quelque chose dont vous n'avez pas vraiment envie, il faut dire merci quand même.
- Il ne faut pas juger une maison sur ses apparences avant de l'avoir restaurée.
- Personne n'aime les poseuses.

Table

Édité par la Librairie Générale Française - LPJ
(58 rue Jean Bleuzen, 92170 Vanves)

Composition Nord Compo
Achevé d'imprimer en Espagne par Ganboa
Dépôt légal 1re publication janvier 2024
39-0909-1 - ISBN : 978-2-01-724037-2
Loi n° 49-956 du 16 juillet 1949 sur les publications destinées à la jeunesse
Dépôt légal : janvier 2024